안녕을 말할 땐 천천히

모니크 폴락 장편소설 윤경선 옮김

anet Grief

안녕을
말할 땐
천천히

창비

상실의 슬픔을 치유하는

탁월한 상담사이자 교육자인 멋진 친구,

돈 크루셰 선생님께.

당신과 당신이 한 모든 일에

사랑과 감사를 담아 이 책을 바칩니다.

차례

_____

안녕을 말할 땐 천천히

007

_____

일러두기

1. 본문의 주는 모두 옮긴이의 것입니다.
2. 본문의 고딕체는 원서에서 이탤릭체로 강조한 부분입니다.

1

애비

누군가와 말을 하지 않는 이유는 내가 그 사람한테 화가 났다고 알리기 위해서다. 내가 침묵시위를 한다는 사실을 우리 아빠만 모른다.

나는 어제 아침부터 아빠와 말을 한마디도 하지 않았다. 아빠가 이번 주말에 무슨 상실 치유 모임인지 뭔지, 얼빠진 아이들을 모아 둔 모임에 가라고 했기 때문이다.

"축구는 어떡하고요? 나 연습 빠지면 안 돼요. 내가 새로 팀을 짠다면 모를까."

"애비, 이건 축구보다 훨씬 중요해. 그렇지, 주피터?"

주피터는 우리가 키우는 고양이다. 주피터도 아빠랑 말을 하지 않는다.

　나는 아빠에게 이미 학교 상담실에서 골드파브 선생님을 억지로 만나게 하지 않았냐며, 두 번이나 상담실에 가서 고문을 당했으니 충분하다고 말했다. 하지만 아빠는 나한테 선택권이 없다고 딱 잘라 말했다.

　아빠와 나는 식탁에 서로 대각선으로 마주 보고 앉아 있었다. 엄마가 살아 있다면, 엄마는 바로 내 맞은편, 그러니까 아빠 옆자리에 앉아 있을 것이다. 나는 엄마의 빈 의자나 엄마 그릇이 놓였던 자리를 보지 않으려고 애썼다.

　아빠가 내 앞으로 시리얼 상자를 밀었다. 나는 시리얼을 그릇에 붓고, 까만 점이 박힌 바나나를 집어 껍질을 벗기고 잘라 시리얼 그릇에 넣었다. 껍질은 식탁 위에 내버려 두었다. 엄마라면 절대 그렇게 내버려 두지 않고 바로 퇴비 만드는 통에 옮겨 담았겠지. 이 집에 사는 나와 아빠, 그리고 주피터는 바나나 껍질이 말라서 돌처럼 딱딱해져도 식탁 위에 그대로 둘 것이다. 퇴비를 만드는 일은 귀찮으니까.

　"그러고 가도 괜찮겠니? 축구화 말이다."

　아빠가 집을 나서면서 말했다. 내가 아무런 대꾸도 하지 않자 아빠는 무안한 듯 어깨를 으쓱했다.

　축구화를 망가뜨려 볼까?

　사회 시간에 '양심에 따른 병역 거부'에 대해서 배웠었다. 어떤 사람들은 윤리적인, 혹은 종교적인 이유로 군대에 가기를 거부한다고 한다. 내가 축구화를 신는 행위는, 아빠가 나를 억지로 시시한 치유 모임에 보내려는 것에 대한 양심적 거부다.

나는 아빠와 함께 셔브룩 거리를 걸으며 엄마가 살아 있다면 어땠을까 생각했다. 엄마는 가던 길을 멈추고 개를 만지거나 상점에 진열된 옷을 구경하곤 했다.

아빠는 개나 옷은 안중에도 없다. 그러고 보니 아빠는 대부분의 일에 관심이 없다.

사람들이 많은 곳에서, 아빠는 절대로 엄마랑 손을 잡지 않았다. 텔레비전을 보면서 서로 껴안는 것도 좋아하지 않았다. 아빠는 그 누구도 껴안지 않는다. 아빠가 싫어해서, 어릴 적에 나는 엄마 무릎에만 앉아야 하는 줄 알았다.

갑자기 아빠가 내 팔꿈치를 잡는 바람에 아빠하고 말을 하고 말았다.

"왜 그래요?"

나는 팔을 흔들어 뺐다.

"어, 아니, 그냥."

다른 아빠들이 '좋은 아버지'같이 굴 때처럼 아빠가 어깨를 쭉 폈다. 평소에는 안 하던 행동을 왜 하는지 모르겠다.

아빠가 왜 그리 수상쩍게 구는지 나는 곧 알아차렸다. 문구점 창문에 걸린 무언가를 못 보게 하려던 거였다. 고개를 들자 아빠 어깨 너머로 분홍색 광고문이 보였다. **'행복한 어머니날! 예쁜 카드에 사랑을 담으세요. 몬트리올 최고의 카드 컬렉션'**

내 아랫입술이 파르르 떨렸다.

"애비……."

아빠는 말을 하려다 말았다. 무슨 말을 해야 할지 몰라서 그러는 거다. 3월에 엄마가 죽은 이후로 아빠는 나랑 무슨 대화를 해야 할지 몰랐다.

우리 앞으로 어떤 여자가 지나갔다. 엄마하고는 하나도 닮지 않았다. 얼굴이 말린 과일보다 더 쭈글쭈글했다. 엄마는 마흔한 살까지 살았는데, 아플 때도 나이에 비해 젊어 보였다. 무엇보다 여자가 끌고 가는 가방이 신경에 거슬렸다. 작은 직사각형 모양에 바퀴가 달린 가방. 엄마가 밤낮으로 끌고 다니던 가방과 모양도 같고 크기도 같은 데다 색깔까지도 같았다. 심실 보조 장치가 든 가방이다. 제구실을 못 하는 엄마의 심장을 대신해 엄마의 피를 순환시키는 기계가 들어 있던 그 가방.

나는 그대로 서서 눈을 질끈 감았다.

"애비, 괜찮니?"

이번에는 아빠가 말을 끝까지 마쳤지만 나는 대답하지 않았다. 아빠랑 말을 하지 않기로 해서이기도 했지만, 정말 괜찮지 않았으니까.

나는 덜커덕거리는 플라스틱 바퀴 소리가 사라질 때까지 기다렸다가 눈을 떴다.

아빠는 묻지 않았다. 아빠와 나란히 걷지 않으려고 내가 천천히 뒤처지면, 아빠도 걸음을 늦추었다. 내가 빨리 걸으면 아빠도 속도를 내었다.

"그깟 치유 모임이 뭐라고!"

내가 투덜거리자 아빠는 이때다 하고 말을 걸었다.

"우리한테 좋을 거야. 버턴 박사님이 추천해 주셨잖니."

버턴 박사님은 엄마가 독감이 잘 낫지 않아서 찾아간 의사다. 엄마의 병은 심근염이라 불리는 바이러스성 심장병이었다. 버턴 박사님은 엄마를 심장병 전문의에게 보냈고, 엄마는 의사로부터 소금을 적게 먹고 잘 쉬라는 소리를 들었다. 하지만, 엄마의 심장은 점점 약해져만 갔다. 엄마는 심실 보조 장치로 버티면서 심장 이식 순서를 기다렸지만, 수술을 받기 전에 세상을 떠났다.

"우리? 방금 **우리**라고 했어요?"

"그래, **우리**. 너와 나 말이다. 나도 치유 모임에 참여할 거야. 그 얘기를 깜박했구나."

나는 아, 하고 짧게 신음했다. 축구 연습에 빠지고 이 화창한 주말을 치유 모임에다 갖다 바치는 것도 모자라서, 이 바보 같은 아빠랑 꼼짝없이 붙어 있어야 하다니.

"부모를 위한 프로그램도 있대. 걱정할 건 없어. 따로 들을 테니까."

"잘됐네요!"

아빠는 얼굴을 찡그렸다. 기분이 상한 듯 보였다.

"애비, 이제 너와 나뿐이야. 우리 둘만 남았어."

"위로하려고 하는 말이에요?"

아빠는 한숨을 쉬었다.

"위로하려는 게 아니야, 애비. 아빠는 네가 현실을 받아들였으면 좋겠어."

정말이지, 아빠는 바보다.

2

크리스토퍼

"멋져 보여!"

엄마가 차 시동을 끄며 말했다.

나는 어깨를 폈다. **멋져 보인다**는 말은 아빠와 **닮았다**는 뜻이다.

모두가 나보고 아빠를 닮았다고 한다. 아빠는 키가 크고 말랐다. 아니 **말랐었다. 말랐었다**는 과거형 말이 머릿속에 맴돌기만 해도 가슴이 조여 온다. 아빠는 나처럼 양쪽 눈동자 색깔이 달랐다. 한쪽은 갈색, 다른 한쪽은 녹갈색. 선천성 홍채 이색증이라 불리는데, 이런 사람은 전체 인구의 1퍼센트도 안 된다. 가끔 거울에 비친 내 모습을 보면 아빠가 나를 보는 듯한 느낌이 든다. 그럴 때면 아직도 아빠가 살아 있는 것 같다.

엄마가 나보고 치유 모임에 갈 때 흰색 셔츠와 교복 바지를 입으라고 한 말에도 나는 순순히 따랐다. 더는 엄마와 다투지 않는다. 엄마도 나름 힘들 테니 말이다. 엄마를 더 슬프게 해서 뭐 하려고?

슬픔.

아빠가 죽은 지 이 년이 다 되어도, 슬픔이라는 단어는 길 잃은 개처럼 내 주위를 어슬렁거린다. **웃겨 죽겠다. 갑자기 죽다니. 록 밴드 베이스 연주자나 할 법한 일인데.**

혹시라도 누가 내 말을 들을까 봐, 나는 아무도 없는지 주변을 둘러보았다.

"그 사람들도 다 알아? 아빠가 왜 그렇게 됐는지?"

엄마가 치유 모임에 가자고 말했을 때부터 묻고 싶었다. 드디어 물어보게 되어서 마음이 후련했다.

엄마는 손을 떨며 내 팔을 잡았다. 신경 안정제 부작용이다. 엄마는 아빠가 죽은 뒤로 잠을 잘 수 없어 신경 안정제를 복용하기 시작했다. 양을 점점 줄였지만 여전히 손을 떨었다.

"아빠가 어떻게 죽었는지는 유진 선생님만 알아. 치유 모임을 운영하는 상담사 선생님이야. 선생님이 먼저 우리의 그런……, 상황을 알고 나서 엄마한테 만나자고 했어. 너도 그분이 마음에 들 거야."

우리 앞에서, 내 또래로 보이는 남자아이가 초록색 승합차 문을 열고 뛰어내렸다. 운전자가 평행 주차를 하려 하자 남자아이가 공간이 충분하다는 손짓을 해 보였다.

차는 후진하다가 인도 위로 올라설 뻔했다.

"**마미!** 조심, 조심!"

그 아이가 머리 위로 손을 흔들며 소리쳤다.

엄마는 내 팔을 놓았고, 우리는 한 줄로 걸었다. 엄마가 무슨 생각을 하는지 다 안다. 이미 남편을 잃었으니 하나뿐인 아들마저 차에 치이지 않았으면 하겠지.

"걱정하지 마."

내가 이렇게 말해도 엄마는 계속 걱정할 것이다.

남자아이는 아직도 주차를 돕고 있었다.

"죄송합니다."

우리를 보고 남자아이가 어깨를 으쓱하며 말했다.

운전석에 앉은 아주머니가 한 번 더 시도했지만, 주차선 안으로 차를 집어넣지 못했다. 나도 돕겠다고 말했다.

"내가 차 뒤를 봐 줄게. 너는 너희 엄마 옆에서 알려 드려."

아주머니가 어찌어찌 겨우 주차를 했다. 차 뒤꽁무니가 주차선 밖으로 반 미터 정도 삐져나왔지만, 나는 말하지 않았다. 그 아이가 내 손을 잡고 흔들었다.

"고마워. 난 구스타보야. 너도 치유 모임에 왔니?"

"어? 응. 난 크리스토퍼, 크리스토퍼 울프. 이쪽은 우리 엄마야."

엄마는 손을 떨며 구스타보와 악수를 했다.

"처음 오셨나 봐요?"

구스타보가 엄마와 나를 보고 말했다.

내가 대표로 대답했다.

"응. 맞아."

"난 삼 년째야. 올해는 유진 선생님 조수가 되었지."

구스타보는 조수로 승진해서 기분이 좋은 모양이었다.

구스타보네 엄마가 승합차 옆문을 열자 작은 여자아이가 내렸다. 노란 파인애플이 그려진 갈색 원피스를 입고 있었는데, 구스타보처럼 검은 머리칼에 윤기가 돌았다.

"오늘도 곰돌이 받는 거야? 작년엔 곰돌이 받았잖아."

여자아이가 자기 엄마에게 물었다.

"얜 내 여동생, 커밀라야. 여섯 살이야."

구스타보가 말했다.

"곰 인형을 받을지는 잘 모르겠네, **미 아모르.*** 하지만 틀림없이 근사한 걸 받을 거야."

아주머니가 대답했다. 억양이 스페인어 같았다. 그러고 나서 아주머니는 구스타보 옆에 선 엄마와 나를 알아챘다. 엄마들은 서로 자기 식구들을 소개했다. 구스타보 엄마는 이름이 라켈인데,

---

* '내 사랑'을 뜻하는 스페인어.

커다란 은빛 십자가 목걸이를 목에 걸고 있었다. 저런 목걸이는 대개 수녀님들이 하지만 아주머니는 분명 수녀가 아니다. 아이가 둘이나 있으니까.

커밀라가 자기 엄마 스웨터를 잡아당겼다.

"미술 활동도 해? 작년에는 추억 상자 만들었잖아."

24번 버스가 셔브룩 거리 정류장에서 멈춰 섰다. 남자아이 하나와 그의 엄마처럼 보이는 아주머니가 같이 내렸다. 아주머니가 아이 손을 잡으려 하자 아이가 뭐라고 말을 하는 듯 보였다. 둘은 손을 잡지 않고 잠시 머뭇거리더니, 아주머니가 로렌스 학교를 가리켰다. 로렌스 학교는 치유 모임이 열리는 사립 남학교다. 치유 모임에 가려는 사람들이 분명했다.

나는 로렌스 학교가 처음이 아니다. 1월에 체스 경기를 하러 온 적이 있다. 우리는 셔브룩 거리를 건너야 했다. 구스타보는 손으로 햇빛을 가리며 차가 오나 안 오나 살피고 또 살폈다. 길을 건널 때도 우리에게 자기를 따르라고 손짓했다.

"미술 활동은 반드시 할 거야. 치유 과정에 도움을 주거든."

구스타보가 자기 동생에게 말하는 소리가 들렸다.

길을 건너자 커밀라는 아까 버스에서 내린 아이와 아주머니에게로 달려갔다. 우리가 다가가자 커밀라가 나서서 두 사람을 소개해 주었다.

"이쪽은 내 새로운 친구 앙투안 오빠랑 오빠네 **마망!**"

앙투안은 눈을 덮을 정도로 머리가 길었다. 말없이 고개를 까닥하며 구스타보와 나에게 인사를 했다. 엄마들은 악수를 했다.

"앙투안 오빠는 엄마도 있고 마망도 있어. 어떻게 알았냐면, 내가 좀 전에 아빠가 죽었냐고 물어봤더니, 오빠는 아빠가 없대. 엄마하고 마망하고 같이 사는 사람은 앙투안 오빠가 처음이야."

커밀라가 앙투안을 올려다보며 말을 마쳤다.

"커밀라! 사생활은 물어보는 거 아니랬지!"

라켈 아주머니가 나무랐다.

"앗! 깜박했다."

커밀라가 놀란 듯 손으로 입을 가렸다.

"괜찮아, 커밀라. 커밀라는 붙임성이 좋네요."

앙투안이 어깨를 으쓱하더니 구스타보와 라켈 아주머니에게 말했다.

커밀라가 자기 엄마를 쿡 찔렀다.

"저 오빠 몇 살인지 물어봐도 돼? 그것도 사생활이야?"

라켈 아주머니는 웃음을 참으며 대답했다.

"젊은 사람한테는 몇 살이냐고 물어봐도 괜찮아. 나이 든 사람한테는 나이를 묻지 않는 편이 좋고."

"몇 살이야, 젊은 사람?"

커밀라가 앙투안의 팔을 잡아당기며 물었다.

"열세 살. 곧 열네 살이 돼."

앙투안이 대답하자 커밀라는 나에게도 물었다.

"몇 살이야?"

"열넷."

커밀라가 활짝 웃었다.

"우리 오빠도 열네 살이야! 나는 겨우 여섯 살인데. 열넷보다 여덟이나 작아."

한 여자아이가 아빠로 보이는 아저씨와 함께 학교로 걸어오고 있었다. 여자아이는 헝클어진 갈색 머리에 하얀 티셔츠, 헐렁한 밤색 축구 유니폼 반바지 차림이었다. 바지 뒷주머니에는 주먹 정도 크기의 작은 주머니 공이 툭 튀어나와 있었다. 잔뜩 골난 표정을 보니 여기 오는 게 어지간히 싫은 모양이었다.

커밀라가 여자아이에게 다가가 물었다.

"언니네는 마미가 죽었어?"

"커밀라!"

이번에는 라켈 아주머니도 어쩔 줄 몰라 했다. 나는 웃음을 참았다. 라켈 아주머니는 고개를 절레절레 흔들며 우리 엄마와 앙투안의 마망에게 작게 속삭였다.

"작년에는 어떤 아빠한테 여자 친구 찾으러 왔냐고 묻기까지 했어요."

축구복 반바지를 입은 그 여자아이는 기분 나빠 하기는커녕 고개를 뒤로 젖히며 크게 웃었다. 호탕한 웃음이었다. 여자아이 아빠도 그렇게 웃는 모습은 처음 본다는 듯 딸을 바라보았다.

"너, 이름이 뭐니?"

여자아이가 커밀라에게 물었다. 커밀라는 입을 다시 가리더니 갑자기 부끄러워했다. 가린 손바닥 틈으로 겨우 목소리가 빠져나왔다.

"커밀라."

구스타보가 달려왔다. 커밀라가 또 철없는 말을 할까 봐 막으려고 온 것 같았다.

"난 구스타보라고 해. 커밀라 오빠야. 이쪽은 크리스토퍼랑 앙투안이야."

"난 애비."

여자아이는 말하며 손을 내밀었다.

커밀라가 나무로 된 묵직한 교문을 밀며 말했다.

"작년에는 우리 모두 곰돌이를 받았어. 정말 정말 기뻤어."

애비와 나는 눈이 마주쳤다. 아마 같은 생각을 한 것 같았다. 곰 인형 따위로 기뻐할 일은 없을 거다.

애비 아빠는 키가 크고 호리호리한데 구부정하게 걸었다. 아저씨는 커밀라가 문을 열도록 도와주었다. 로비 중앙에는 둥그런 탁자가 하나 있고 그 위에 빨간 튤립 화분과 노란 튤립 화분이 여러 개 놓여 있었다. 보아하니 우리에게 곰 인형 대신 튤립을 주려는 것 같았다.

로비 끝에는 행정실이 있었다. 행정실 문 옆에 붙어 있는 제세동기가 내 눈에 들어왔다. 장래 희망이 구급대원이라면 제세동기 같은 물건에 눈이 가게 마련이다.

커밀라가 튤립에 대해 이러쿵저러쿵 불평을 늘어놓으려다, 운동복 차림에 대머리를 가리느라 머리를 올려 빗은 남자를 알아보았다. 남자는 손목에 운동용 스마트밴드를 차고 있었다.

"유진 선생님! 나예요, 커밀라예요!"

커밀라가 소리치며 남자에게 달려갔다.

저 사람이 유진 선생님이라고? 치유 상담사가 아니라 체육 선생님인 줄 알았다. 목에 건 호루라기 때문이었다. 선생님에게 가까이 다가가자 진한 남성 로션 냄새가 훅 풍겼다.

유진 선생님은 쪼그려 앉아 커밀라와 눈을 맞추며 말했다.

"내가 우리 커밀라를 잊을 리가 있나!"

"2월에 여섯 살이 됐어요! 우리 마미가 나보고 많이 컸대요. 이쪽은 애비 언니랑 언니네 아빠예요. 둘 다 골이 잔뜩 났어요. 저쪽은 앙투안 오빠랑 오빠네 마망이고요, 오빠네 엄마는 집에 있대요. 또 저 오빠는 크리스토퍼고요, 그 옆에 계신 아주머니는 오빠네 엄마래요. 크리스토퍼 오빠가 우리 마미가 주차하는 걸 도와줬어요! 마미는 주차를 너무 못 해요."

커밀라는 나와 애비, 앙투안을 돌아보며 말을 이었다.

"유진 선생님이야. 우리 치유 상담사 선생님이야. 화장품 냄새가 좋지?"

유진 선생님이 우리 모두와 악수를 했다.

"네가 크리스토퍼구나!"

선생님 눈을 보니 우리 아빠가 어떻게 죽었는지 아는 듯했다. 나는 시선을 피했다. 선생님은 우리 엄마와 이야기를 나누었다.

"울프 부인……, 다시 뵙게 되어서 다행입니다. 치유 모임에 오신 걸 환영합니다. 어른들을 위해서 저쪽에 커피를 준비해 뒀어요."

선생님이 행정실 앞에 놓인 탁자를 가리켰다.

엄마들과 애비 아빠는 커피를 마시려고 나란히 줄을 섰다. 커피 메이커 근처에는 벌써 다른 어른들이 삼삼오오 모여 있었다.

유진 선생님이 구스타보의 어깨를 툭 쳤다.

"내 조수가 언제 오나 기다렸단다!"

선생님 말에 구스타보는 얼굴이 빨개졌다. 치유 상담사 조수가 정확히 무슨 일을 하는지 모르겠다. 튤립 몇 개가 시든 것을 보니, 화분에 물을 주어야 할 것 같은데. 저런 것도 조수가 할 일 아닌가?

"네가 무슨 생각하는지 알아. 유진 선생님은 상담사처럼 안 보이지?"

구스타보가 목소리를 낮추며 나에게 말했다.

유진 선생님은 펜이 달린 클립보드를 구스타보에게 건네며 사람들이 들어오면 이름에 표시하라고 일렀다.

구스타보의 어깨 너머로 보니, 아이들과 부모 대부분이 이미 왔다고 표시되어 있었다.

"성이 뭐야?"

구스타보가 애비에게 물었다.

"르페브르. 엘, 이, 에프……."

"응."

구스타보는 애비와 애비 아빠 이름 옆에다 표시를 했다. 애비 이름 옆에는 연필로 메모가 적혀 있었다. 나는 그 메모가 무슨 뜻인지 알 수 있었다. M-HD-0318. 유진 선생님의 암호는 초등학생도 풀 정도로 쉽다. M은 '엄마'를 가리키는 말일 테고. 'HD'는 심장병, 그 옆 숫자는 사망 날짜일 테니 애비 엄마가 세상을 떠난 지는 두 달도 안 된 셈이다. 저렇게 골난 표정인 것도 당연하다. 나도 아빠가 죽은 지 두 달 정도 되었을 무렵에는 좀비 같았으니까.

구스타보는 앙투안의 성 '더 블라지오코언' 옆에도 표시했다. 구스타보의 손바닥이 메모를 가려서 앙투안의 이름 옆에 쓰인 내용은 보이지 않았다. 구스타보는 앙투안을 보고 고개를 끄덕이고는 눈을 피했다. 무슨 메모인지 몰라도 심각한 내용이 분명했다.

"네 성이 울프라고 했지?"

구스타보가 나에게 물었다.

나는 클립보드를 가져가며 말했다.

"내가 써도 되지?"

구스타보가 안 된다고 하기 전에 나는 내 이름 옆에다 표시를 했다. 그러고는 그 옆에 적힌 암호를 슥슥 지워 버렸다. F-S-0816. 아빠가 21개월 전에 죽었다는 사실은 구스타보가 알아도 상관없지만, S가 무엇을 뜻하는지 눈치채도록 하기 싫었다.

금발 염색 머리의 여자아이가 불쑥 들어왔다. 까만 티셔츠에 까만 바지를 입고 까만 샌들을 신었다. 심지어 눈 주위에도 까만 아이라이너를 칠했다. 여자아이는 학교 로비를 둘러보더니, 미소를 지으며 말을 걸었다.

"치유 모임에 참가하러 왔어."

나는 구스타보에게 클립보드를 넘겼다.

"잠깐만! 명단에 이름이 있는지 확인 좀 할게."

구스타보가 여자아이에게 말했다.

여자아이는 내가 했던 것처럼 명단을 훑더니 길고 까만 손톱으로 맨 밑에 있는 이름을 가리켰다.

"여기. 펠리시아 시마토프스키. 엄청 복잡한 이름이지?"

"혹시 누구랑 같이……."

구스타보는 명단을 살피다가 입을 다물었다. 그러고는 목소리를 낮추며 말했다.

"아, 미안. 부모님 두 분이 다 그렇게 되었다니 최악이네."

펠리시아는 눈을 바닥에 떨구었다. 구스타보는 부모님 얘기를 하지 말았어야 했다. 하지만 펠리시아는 곧 고개를 들고 말했다.

"고마워."

어쨌든 저 상담사 조수도 자기가 무슨 짓을 했는지는 알겠지.

치유 모임에 온 아이들은 서른 명인데, 다들 부모와 함께 왔다. 만약 펠리시아의 부모님 두 분이 다 돌아가셨다면 누가 펠리시아의 보호자일까? 아마도 펠리시아는 어른 없이 혼자 온 듯했다.

우리는 나이에 따라 여섯 개 모둠으로 나뉘었다. 어린아이들은 1층 교실에 모이고 나이가 많은 아이들은 위층으로 올라갔다. 구스타보, 앙투안, 나 이렇게 셋은 13, 14세 모둠에 들어갔다. 유진 선생님이 우리를 이끌고 3층으로 데려갔다. 애비와 펠리시아도 우리 모둠이었는데, 벌써 위층으로 올라가고 없었다.

나는 나머지 남자아이들을 기다렸다. 커밀라가 까치발을 서고 자기 오빠에게 안기려고 했다. 나도 외동이 아니었으면 좋았을 텐데. 하지만 우리 부모님에게 아이가 하나 더 있었다면 그 아이도 아빠가 한 짓 때문에 나보다 더 힘든 시간을 보냈을 것이다.

구스타보는 계단을 오르는 내내 쉬지 않고 떠들어 댔다.

"어떻게 생각해? 시마토프스키한테 일어난 일 말이야. 엄마 아빠가 동시에 돌아가셨을까? 사고였을지도 몰라. 비행기 사고? 아니면 일산화탄소 중독? 일산화탄소는 색깔도 맛도 없고, 냄새도 안 난다던데."

그런 비극적인 사고는 내가 훨씬 더 많이 알 거라고 나는 속으로 생각했다.

"엄마한테 집에다 일산화탄소 감지기를 사 두라고 말해야겠다.

너희 집에는 있어? 우리 엄마한테 무슨 일이라도 일어나면 커밀라랑 나는 펠리시아처럼 되는 거잖아. 고아 말이야!"

구스타보는 대답도 듣지 않고 혼자 계속 떠들더니 끝내 고개를 절레절레 흔들었다.

3

애비

　유진 선생님을 뭐라 표현해야 할지 잘 모르겠다. 손목에 운동용 스마트밴드를 찼다든가, 지독한 남자 로션 냄새를 풍긴다는 정도? 치유 상담사라면 그러니까 어딘가 좀⋯⋯, 딱딱할 줄 알았다.

　우리가 교실로 들어가자, 입구에서 명단을 확인하던 구스타보라는 아이가 의자를 둥글게 배치하고 있었다.

　뻔한 전개다.

　함께 이야기 나누기.

　유진 선생님이 손뼉을 쳤다.

　"여러분, 치유 모임에 잘 오셨습니다!"

　무슨 복권이라도 당첨된 듯한 말투다. 정반대인데. 우리는 모두

꽝을 뽑았다. 아주 엄청난 꽝.

유진 선생님이 자리에 기대고 앉자 의자 앞다리가 들리면서 의자 밑에 쌓아 둔 대용량 티슈가 눈에 들어왔다. 선생님이 한 번 더 손뼉을 치며 말했다.

"자기소개를 시작하기 전에, 치유 모임에 대해 몇 가지 알려 드리겠습니다. 이 프로그램은 올해로 구 년이 되었어요. 치유 모임은 일 년에 두 번씩 열립니다. 크리스마스 전에 한 번, 5월에 한 번. 여러분도 알겠지만, 상실을 겪은 아이들에게는 명절이 가장 힘든 시기예요. 부모님이 돌아가신 친구들에게는 5월과 6월이 특히 힘듭니다. 어머니날이 다가오고 아버지날도 그 무렵에 있으니까요."

나는 문구점 창문에 걸렸던 카드 광고문이 떠올라 목이 따끔거렸다.

"다른 친구들은 아침에 일어나 어머니를 위해 아침 식사를 차리거나 아버지 선물로 스포츠 양말을 준비하겠지요."

유진 선생님은 잠시 뜸을 들였다.

"상실을 겪은 친구들은 그저 빨리 7월이 되기를 바랍니다."

양심적 거부를 하지 않았다면, 나도 고개를 끄덕였을 것이다. 우리 집 주방 벽에 걸린 달력이 떠올랐다. 나도 달력 두 장을 뜯어내고 싶다. 그러면 바로 7월인데. 학교 상담실에서 만난 골드파브 선생님은 시간이 약이라고 말했다. 버턴 박사님은 이런 치유 모임 말고 타임머신을 처방해 줬어야 했다.

크리스토퍼랬나? 내 앞에 앉은 남자아이가 고개를 끄덕이며 말했다.

"무슨 말씀인지 알겠어요."

쟤는 왜 교복을 입고 왔지? 너무 슬퍼서 오늘이 토요일이라는 사실도 잊었나 보다.

"다른 사람들은 잘 이해 못 할 거예요. 어렸을 때 사랑하는 누군가를 잃은 슬픔은 마치 다른 행성으로 추방당한 듯한 느낌이라는 사실을요."

유진 선생님이 질질 끌며 말했는데도 앙투안이라는 아이는 그 말 뜻을 잘 안다는 듯 말했다.

"네, 상실의 별이죠."

유진 선생님이 웃자 어금니를 때운 은빛 아말감이 보였다.

"상실의 별! 좋은 표현이에요, 앙투안. 다시 지구로 돌아와서, 여러분은 수학 점수 때문에 스트레스 받겠지만……."

"크리스마스 선물로 최신 엑스박스를 받을 수도 있어요."

구스타보가 끼어들었다. 앙투안이 구스타보를 힐끗 보며 말했다.

"엑스박스? 플레이스테이션이 훨씬 다루기 편해."

유진 선생님은 중간에 말이 끊겨도 개의치 않았다.

"엑스박스든 플레이스테이션이든, 이 점을 잊지 마세요. 상실을 겪은 아이들은 모두 심장에 구멍이 하나씩 있는 것처럼 느낀다는 사실을요.”

꼭 그렇게 말해야 하나? 누가 **심장**이라고 말할 때마다 나는 엄마가 생각났다. 엄마 심장이 좀 더 강했더라면, 아니면 다른 누군가 죽어서 엄마가 새 심장을 받았더라면, 지금쯤 나는 축구 연습을 하거나 어머니날 카드를 만들고 있을 것이다. 이 얼빠진 애들하고 같이 있지 않아도 될 텐데.

유진 선생님이 마치 좋은 소식이라도 있는 것처럼 손을 모아 비볐다.

“자, 그럼. 각자 자기소개를 해 볼까요?”

선생님은 잠시 말을 멈추고 우리 하나하나와 눈을 맞추었다. 이런 기술은 분명 상담 학원에서 배웠을 테지.

“돌아가면서 한 명씩 자기 이름과 자신만의 특이점, 어떻게 주말에 여기 치유 모임에 오게 되었는지 말해 봅시다.”

크리스토퍼가 교복 셔츠 위로 팔짱을 꼈다. 얘도 이야기 나누는 시간이 시시한가 보다.

유진 선생님이 목을 가다듬었다.

“그럼, 나부터 시작할까요? 나는 운동을 아주 좋아합니다.”

우리가 그것도 모를 줄 알았나.

“십 년간 단 한 번도 아침 운동을 거른 적이 없습니다.”

선생님은 잠시 뜸을 들였다.

“나도 정확히 여러분 나이 때에 어머니가 돌아가셨어요.”

그때 나는 운동복과 스마트밴드 너머로 선생님을 다시 보게 되었다. 선생님도 어린 시절에 상실의 슬픔을 겪었으리라고는 상상도 못 했다. 왜 이런 사람이 치유 상담사 같은 일을 할까? 이해할 수 없었다.

"누나도 형도 나보다 나이가 훨씬 많았어요. 아버지도 계셨고요. 어머니가 병상에 누워 있는 동안, 식구들은 저를 지키고 싶어했어요. 어머니는 암이었습니다. 그 당시에는, 그러니까 사십 년 전 이야기인데, 사람들은 어린이에게 병이나 죽음 이야기를 하면 좋지 않다고 믿었어요. 그래서 저는 어머니가 있다가 갑자기 다음 날 사라진 느낌이었습니다."

선생님은 마치 어머니가 사라진 곳을 향하듯 허공에 손을 흔들었다.

"그 뒤로도 나에게 이야기해 주는 사람이 한 명도 없었어요. 꽤 오랫동안, 그리고 매우 힘든 시간을 보내고 나서야 어머니를 애도할 수 있었습니다."

유진 선생님의 울대뼈가 오르락내리락 움직여서 나는 혹시나 선생님이 울까 봐 걱정이었다. 다행히 선생님 손에는 휴지가 들려 있었다. 선생님은 우는 대신 고개를 들어 우리에게 물었다.

"자, 다음은 누가 해 볼까요?"

구스타보가 손을 들었다. 뭐, 그럴 줄 알았다.

"난 구스타보 로렌초."

구스타보는 아직도 손을 들고 있었다.

"나는 스페인어를 해요. 부모님 모두 칠레 사람이에요. 이번이 치유 모임 삼 년 차입니다."

구스타보가 나와 눈을 마주치더니 손을 내렸다.

"처음에는 여기 오기 싫었어요. 엄마가 시켜서 왔거든요. 제 말을 믿으실진 모르겠지만, 지금은 여기 오는 시간이 정말로 기다려져요."

구스타보의 표정이 점점 진지해졌다.

"아이들도 어른들도, 대부분 사랑하는 이를 잃은 사람한테 뭐라고 말해야 할지 잘 모르더라고요. 어떤 사람은 거리를 두려고 해요. 우리 동네에 사는 아주머니도 그랬어요. 매일 집 앞을 빗자루로 쓰는 아주머니였어요. 내가 지나가면 손을 흔들어 줬었는데, 파피가 죽은 뒤로는 나를 못 본 척하더라고요. 그게 더 쓸쓸했어요. 내가 하고 싶은 말은 그러니까, 치유 모임에 오면 덜 쓸쓸하더라고요."

구스타보는 자기 허벅지에다 손바닥을 비볐다.

"우리 파피는 폐암이었어요. 담배는 전혀 피우지 않았어요. 한 대도요. 지금도 매일 파피가 보고 싶어요. 내 동생 커밀라는 그때 세 살이었어요. 가끔은 나보다 더 안됐다는 생각이 들어요. 커밀라는 파피를 전혀 기억 못 하니까요."

나는 주머니 공을 꺼내어 발로 톡톡 찼다. 유진 선생님이 나를 처다보았지만, 그만하라고 하지 않았다. 만약 그랬다면, 주머니 공 차기가 축구 연습에 좋다고, 축구 코치 선생님이 말해 줬다고 대답했을 텐데.

내 옆에 앉은 여자아이는 휴대 전화를 만지작거리고 있었다. 이름은 펠리시아다. 같이 계단을 올라올 때 서로 이름을 물어봤다. 주머니 공을 차는 것보다 휴대 전화를 갖고 노는 게 더 나쁘지 않나? 펠리시아는 휴대 전화 화면을 엎어서 무릎에 내려놓고는 자기소개를 시작했다.

"나는 펠리시아 시마……, 시마토프스키입니다."

펠리시아가 입술을 깨물었다.

"내 이름이지만 가끔은 **나도** 발음하기 힘들어요."

펠리시아는 키득거리고 나서 고개를 들어 우리를 바라보았다.

"내 꿈은 세계적으로 유명한 다큐멘터리 영화 감독입니다."

펠리시아는 눈을 바닥에 떨구며 작게 속삭였다.

"치유 모임에 온 이유는 부모님이 돌아가셨기 때문이에요."

나는 내 주머니 공을 두 번 찼다. 부모님 두 분 **모두**?

"부모님은 설상차 사고로 돌아가셨어요. 호수가 꽁꽁 얼어 있는 줄 알았는데, 그렇지 않았어요. 저는 산장 창문으로 그 모습을 지켜보았어요."

나는 공을 바닥에 떨어뜨렸다. 부모님이 죽어 가는 모습을 그저 지켜봐야 했다니! 어린애가 어떻게 그걸 견딜 수 있을까?

"지금은 누구랑 같이 살아?"

구스타보가 물었다.

펠리시아는 가만히 있었다. 말하기 힘들겠지.

"할아버지, 할머니랑. 나이에 비해 두 분 다 세련됐어. 엄마 부모님이야. 그 사고로 할아버지랑 할머니도 망가졌지. 그래도 날 돌봐 주겠다고 말씀하셨어."

펠리시아는 애써 미소를 지었다.

정말 꿋꿋했다. 바보 아빠랑 사는 편이 고아가 되는 것보다는 낫겠지 싶었다.

앙투안이 크게 한숨을 쉬고 나서 말을 꺼냈다.

"나는 앙투안. 비디오 게임을 좋아해. 2K17*이 가장 좋아하는 게임이야. 내가 여기 온 건 일 년 반 전에 죽은 내 남동생, 빈센트 때문이야."

앙투안이 너무 작게 얘기하는 바람에 우리는 모두 몸을 앞으로 기울여 들어야 했다. 앙투안은 눈을 가린 앞머리를 쓸어 올렸다.

"겨우 석 달 살다 갔어. 이제 막 웃기 시작했는데."

나도 모르게 손가락 끝을 의자 좌판 밑에다 쑤셔 넣었다.

이런 슬픈 이야기는 정말 듣기 힘들다. 도대체 왜 버턴 박사님은 이 치유 모임이 나한테 도움이 된다고 생각했을까?

---

* NBA 2K17 : 플레이스테이션으로 하는 농구 시뮬레이션 게임.

"SIDS. 영아 돌연사 증후군이었어. 요람사라고도 불린대."

유진 선생님이 나와 크리스토퍼를 번갈아 바라보았다. 아직 얘기하지 않은 사람은 우리 둘뿐이었다. 크리스토퍼는 아직 팔짱을 낀 채 그대로 있었다. 유진 선생님은 내가 먼저 하는 게 낫다고 생각한 모양이었다.

"애비, 네 이야기 좀 해 줄래? 어떤 계기로 오늘 여기 오게 되었는지도……."

"어떤 사람 때문이겠죠."

유진 선생님은 손끝으로 자기 복근을 쓸었다. 분명 매일 아침 윗몸 일으키기를 이백 개씩 할 거다.

"네 말은, 그러니까 너희 아빠 때문에 억지로 치유 모임에 오게 됐다는 말이지?"

"딩동댕, 정답입니다! 오늘 축구 연습도 빼먹고 왔거든요."

그러고 나자 얼른 끝내 버리는 게 낫겠다는 생각이 들었다. 그래서 다른 아이들에게 우리 엄마 이야기를 했다.

"엄마는 3월 15일에 돌아가셨어요. 심장 이식을 기다리고 있었어요. 되게 웃기지 않아요? 누가 죽기만을 기다린 거잖아요. 사고든 질병이든 심장만 무사하면 되니까."

나는 펠리시아를 보고 물었다.

"너희 부모님은 장기 기증 신청하셨니?"

"어? 응. 물론 신청하셨지. 그랬을 거야."

내 차례가 끝나자 모두 크리스토퍼를 바라보았다.

"내 이름은 크리스토퍼입니다."

그러고는 끝. 어색한 공기가 흘렀다. 뭐 이런 애가 다 있지?

유진 선생님은 한 번 더 의자를 뒤로 젖히며 말했다.

"그래, 크리스토퍼, 그냥 아무거나 네가 말하기 편한 이야기를 하는 건 어떠니? 너나 너희 집안 환경 같은 거 말이다."

크리스토퍼는 침을 삼키고 나서 말했다.

"저는 체스 선수예요. 그리고 아빠는 이 년 전쯤 떠나셨어요."

다시 팔짱을 끼는 모습을 보니 더는 말하기 싫은 듯했다.

구스타보가 손을 번쩍 들었다.

"**떠나셨다**는 말은 완곡어법이야."

그 단어 좀 안다고 우쭐대고 싶었나 보다.

"다루기 어려운 주제를 말할 때 많은 사람들이 완곡어법을 쓰지. 죽음 같은 거 말이야. 그렇죠, 유진 선생님?"

"**떠나셨다**는 표현은 완곡어법이 맞아요."

선생님은 크리스토퍼를 바라보며 격려하듯 미소를 지었다.

"하지만 이번 주에는 무슨 표현이든 여러분이 쓰고 싶은 말을 써도 괜찮아요. 애도에 관해서라면, 규칙이 없으니까요."

"제가 정말로 싫어하는 말이 뭔지 알아요?"

크리스토퍼가 말했다. 먼저 나서서 말을 꺼내다니 다들 놀란 눈치였다.

"누가 죽고 나면, 바보 같은 인간들이 하는 말이 있어요. 장례식에서 어떤 할아버지가 내 팔을 잡고 이렇게 말했어요. **'아버지는 더 좋은 곳으로 가셨을 거다.'** 나이 드신 분이 아니었다면 그 입을 한 대 쳤을 거예요. 더 좋은 곳은 바로 여기, 나랑 엄마 곁이잖아요."

아까 유진 선생님처럼 크리스토퍼의 울대뼈가 움직였다. 앙투안도 고개를 끄덕였다.

"빈센트가 죽고 나서 학교에 갔을 때 선생님이 나를 복도에서 불러 세우고는 이렇게 말했어요. **'너희 엄마는 언제든 아기를 가질 수 있을 거야.'** 마치 다른 아기가 생기면 우리가 빈센트를 잊을 수 있을 거라는 듯이 말이죠."

그러자 나도 어떤 선생님이 나한테 한 얘기가 떠올랐다. **'시간이 약이다.'** 선생님은 심지어 자기 손목시계를 가리키며, 마치 내 슬픔이 끝날 때 알람이 울릴 거라는 듯 말했다. 하지만 나는 다른 애들한테 이 이야기를 하고 싶지 않았다. 굳이 내 경험을 보태지 않아도 얘깃거리는 충분하니까.

펠리시아가 검지를 위로 향해 흔들었다.

"나도 그런 적 있어요. 그러니까 아, 사고 이후에 큰고모가 말했어요. **'너희 부모님은 떠날 때가 온 거야.'** 부모님은 아직 사십대였는데 어떻게 '떠날 때'가 왔다는 말이에요?"

"진짜 날 짜증 나게 하는 말이 뭔지 알아? **'언젠가는 나을 거야.'** 내가 감기라도 걸린 줄 아나 봐."

구스타보가 말했다.

"나라면 그 사람한테 '언젠가는 너의 그 얼빠진 바보 병도 나을 거야.' 하고 말할 거야."

내 말에 모두가 웃음을 터뜨릴 줄은 몰랐다. 난 늘 그런 식으로 말하는데. 뭐 틀린 말은 아니니까.

나도 웃었다. 실은 내가 가장 크게 웃었다. 그러고는 결국 울음을 터뜨렸다.

구스타보가 선생님 의자 밑에서 티슈 상자를 꺼내 나에게 건넸다.

4

크리스토퍼

함께 이야기를 나누고 나서 십 분간 휴식이 주어졌다. 나는 화장실이 너무 급해서 남자 화장실로 향했다. 화장실 안으로 들어가는 순간, 화장실 칸막이 아래로 까만 샌들이 얼핏 보였다. 펠리시아? 여기에서 뭐 하는 거지? 그러다 퍼뜩 로렌스 학교가 남학교라는 사실이 떠올랐다. 여학생 화장실이 없나? 여자 선생님들 때문에라도 이 건물 어딘가에 여자 화장실이 있을 텐데.

펠리시아가 놀랄까 봐 나는 곧바로 나가려고 했다. 그런데 수신기 잡음 같은 소리가 들리더니 다른 사람들 목소리가 들렸다. 누가 또 있나? 그때, **내** 목소리가 나와서 나는 깜짝 놀랐다.

"아빠는 이 년 전쯤 떠나셨어요."

"**떠나셨다**는 말은 완곡어법이야."

구스타보 목소리도 들렸다.

나는 화장실 문을 두드렸다.

"펠리시아! 너 우리가 한 얘기 녹음했어? 그러면 안 되잖아!"

펠리시아는 변기 물을 내리더니 밖으로 나왔다.

"어머, 진짜 미안. 나도 모르게 동영상 촬영이 되어 있었어. 걱정하지 마. 지울게. 약속!"

펠리시아는 휴대 전화를 청바지 뒷주머니에다 슬쩍 집어넣더니 세면대로 가서 손을 씻었다. 그런 다음에는 앞주머니에서 아이라이너를 꺼내 눈가에 덧그리기 시작했다.

"동영상? 너 동영상도 찍었어?"

순간 이야기 나누는 시간에 펠리시아가 휴대 전화를 만지작거리던 모습이 떠올랐다. 나는 너무 화가 나서 화장실이 급한 것도 까먹었다.

"아, 응. 근데 진짜 일부러 그런 거 아니야. 지운다고 했잖아!"

펠리시아가 거울에 비친 자기 모습을 보며 말했다. 나는 펠리시아를 노려보았다.

"지금 당장 지워."

"알았어."

펠리시아는 휴대 전화를 꺼내어 내 눈앞에 갖다 대고는 지우기 버튼을 눌렀다.

"이제 됐니? 좋아?"

나는 당황했다.

"좋냐고? 내가? 내가 **좋을** 게 뭐 있어? 당연히 지워야 할 파일을 지웠을 뿐이잖아. 이제 나가 줄래? 나도 오줌 눠야 하니까!"

나는 남자 소변기들을 가리켰다.

펠리시아가 동영상을 찍었다는 얘기를 유진 선생님에게 해야 하나 말아야 하나 고민이었다. 고자질쟁이는 되기 싫은데. 진짜 우연히 **그랬을** 수도 있고. 내 앞에서 동영상을 지웠으니 괜찮지 않을까.

하지만 교실로 돌아가자 나는 뭔가 말해야겠다는 생각이 들었다. 교실 안에는 길쭉한 테이블 주위로 의자들이 놓였다. 테이블 위에는 종이 뭉치와 사인펜이 가득 담긴 신발 상자가 보였다.

나는 목청을 가다듬었다.

"선생님, 궁금한 게 있어요."

유진 선생님이 활짝 웃었다. 아마도 내가 우리 아빠의 죽음에 관한 이야기를 하기로 마음먹었다고 생각한 것 같았다.

"우린 모두 들을 준비가 되어 있단다. 뭐가 궁금한지 말해 보렴, 크리스토퍼."

"우리가 이번 주말에 여기서 나눈 이야기는 완벽하게 비밀이 보장되는 거죠?"

나는 이렇게 말하면서 펠리시아의 발을 살펴보았다. 펠리시아는 샌들로 바닥을 탁탁 치고 있었다. 체스 동아리에서는 다음 수를 어떻게 두어야 할지 모르는 아이들이 저렇게 발로 바닥을 탁탁 쳤다.

"물론이지! 안 그래도 말하려고 했단다. 우리가 다음으로 할 논의가 바로 비밀 보장이었거든. 사실 좀 더 일찍 말해야 했는데. 자, 우리가 함께 모임을 하려면 여기가 반드시 안전한 장소여야 합니다."

선생님은 두 손을 위로 올려 아치 모양을 만들었다.

"무음 지역처럼요. 여기에서 나눈 모든 대화는 무슨 내용이든 밖에서 얘기하지 않도록 하세요. 여러분 **자신의** 이야기를 하지 말라는 뜻은 아닙니다. 오히려 치유 모임 이후에는 자신의 이야기를 하는 편이 더 좋습니다. 하지만 다른 참가자들의 이야기는 절대로 말하고 다녀서는 **안 됩니다.** 다들 찬성하나요?"

"네, 찬성합니다."

앙투안과 구스타보가 동시에 말했다.

애비는 계속해서 자기 주머니 공을 발로 차서 공중으로 띄우고 있었다. 그러다 발목에 공을 탁 올려놓더니 "저도 찬성이요." 하고 말했다.

"찬성합니다!"

나도 대답했다.

펠리시아는 마침내 발을 멈추고는 나를 쳐다보며 억지 미소를 지었다.

"네, 저도 찬성할게요."

펠리시아가 휴대 전화를 티셔츠 밑에 숨기지 않고 주머니에 넣었는지, 녹음하고 있지는 않은지 나는 분명히 확인하고 싶었다. 앉아 있지 않다면 주머니가 불거져 나왔는지 보일 텐데. 펠리시아가 일어날 때까지 기다릴 수밖에 없다. 어쨌든, 펠리시아가 뭔가 숨기고 있다는 게 본능적으로 느껴졌다.

우리 둘 다 무언가 숨기고 있어서겠지.

유진 선생님은 아이들에게 종이를 한 장씩 나누어 주었다. 구스타보가 펜을 들고 그 뒤를 따랐다.

"걱정하지 마세요."

선생님이 말하며 닭살이 돋게 윙크를 했다.

"이건 시험이 아닙니다, 여러분. 내일 기말고사를 본다거나 하지 않아요. 이번 주말에는 이야기를 나누고 창의적인 활동을 하는 데 더 많은 시간을 보낼 겁니다."

천만의 말씀! 무음 지대든 아니든, 내가 이 교실에서 낯선 아이들한테 아빠의 죽음에 대해 말하는 일은 절대로 없을 것이다.

절대로.

"우선 여러분에게 기본적인 정보부터 알려 드릴게요. 메모하고 싶으면 적으세요. 듣기만 하고 싶다면, 그것도 좋습니다."

"적기도 싫고 듣기도 싫다면요?"

애비가 물었다.

저런 거침없는 점이 마음에 들었다.

유진 선생님이 살짝 웃었다.

"애비, 정말 유머 감각이 대단하구나! 음, 듣기 싫어도 괜찮아. 잠깐 눈을 붙이면 되지. 좀 더 좋은 걸 하게 되면 그때 깨워 주마."

애비는 고개를 푹 숙이더니 코를 고는 척했다.

"상실감은 마치 롤러코스터 같습니다."

유진 선생님이 말하자 애비가 긴 잠이 깨어난 것처럼 고개를 흔들었다.

"선생님, 그건 받아들일 수 없겠어요. 롤러코스터가 얼마나 재밌는데요! 다들 롤러코스터 타는 걸 좋아하잖아요."

구스타보가 손을 들었다.

"멀미하는 사람은 안 그래. 롤러코스터를 되게 싫어하더라고. 라 롱드*에 갔을 때 롤러코스터 타고 나서 내장까지 토해 내는 애도 봤어."

구스타보는 냄새가 떠올랐는지 코를 막았다.

"아주 잘 짚었어요. 내 말은, 우리가 상실을 겪을 때는 기분이 오르락내리락하면서 감정 기복이 크다는 얘기입니다."

"전 그렇게 올라간 적이 없는데요."

_____

* 라 롱드(La Ronde): 캐나다 퀘벡주에 위치한 놀이공원.

애비가 외쳤다.

"저도요."

나도 동참했다.

"그렇군요. 그럼 다시 말해 볼게요. 상실을 겪는 사람은 모든 감정을 다 가지고 있어요. 동시에 전혀 다른 감정을 느끼기도 합니다. 나는 어머니가 돌아가시고 나서 얼어붙는 느낌이었어요. 화도 났지만 슬프기도 했어요."

얼어붙는다. 재밌는 말이다. 아이스바가 떠오르긴 하지만. 나도 가끔 얼어붙는 기분이 드는 것 같았다. 확실히 슬프기도 했다. 때로는 화도 났다. 하지만 방금 선생님이 한 말 중에 **얼어붙는다**라는 말이 제일 와닿았다. 그런 식으로 감정을 표현하는 말은 처음 들었다.

"그 **얼어붙는** 건 얼마나 오래가요?"

나는 물었다.

"그게 문제입니다. 기한이 없어요. 우리가 느끼는 상실의 슬픔은 저마다 다 다르니까요. 옛날 사람들은 일정한 시기를 지나면 상실을 졸업하고 다음 단계로 간다고 생각했어요."

유진 선생님은 **'졸업'**이라는 말을 할 때 양쪽 손가락 두 개로 따옴표 표시를 하며 강조했다.

"하지만 지금은 상실감이 인생을 송두리째 바꾼다는 걸 알지요. 어떤 사람들은 아무것도 못 해요. 저도 꽤 오랫동안 얼어붙어 있었습니다."

나는 유진 선생님을 바라보았다.

"얼마나요?"

선생님은 이마를 만지작거리며 대답했다.

"대략 십오 년쯤."

"말도 안 돼! 그럼 전 스물여덟 살까지 안 녹을 거라는 말이잖
아요."

앙투안이 소리쳤다.

앙투안도 얼어붙은 기분이었나 보다. 나는 왠지 기분이 좀 나아
졌다.

"여러분이 감정을 조절하고 나누면 더 일찍 녹아내릴 수 있을
거예요."

유진 선생님이 그 말을 하면서 나를 쳐다보지 않아 다행이었다.

"하지만 그 전에 자신의 감정을 털어놓을 **준비**가 되어야 하겠
지요."

이번에는 선생님이 내 눈을 바라보았다.

나는 구스타보가 **얼어붙는다, 화가 난다, 슬프다** 하고 적는 모습
을 바라보았다. 치유 모임에 참가한 지 올해로 삼 년째라면서 왜
적는지 모르겠다. 이미 배운 것들 아닌가? 펠리시아도 뭔가 휘갈
겨 쓰고 있었다.

앙투안은 메모하지 않았지만 대신 고개를 여러 번 끄덕였다.

애비는 펜을 빙글빙글 돌리며 여기 있기 싫다는 내색을 감추지 않았다.

나는 잡은 기물을 체스판 옆에 놔두듯이 펜을 종이 오른편에 아무렇게나 내려놓았다.

유진 선생님이 다시 손을 비볐다.

"애도하는 과정은 살아가면서 계속 일어납니다. 극복이란 없어요."

선생님은 고개를 절레절레 흔들면서 말을 이었다.

"어른조차도 죽음은 받아들이기 힘듭니다. 어린이보다 더 힘들어하기도 해요. 어머니가 돌아가시고 나서 보낸 첫 몇 주는 나도 정말 잊을 수 없어요. 아침에 일어나면 모든 게 다 괜찮다는 생각이 들었어요. 새가 지저귀고, 집 안에서는 커피 향기가 나고, 햇빛이 블라인드 사이로 들어왔지요. 그러고 나서 퍼뜩 떠오르는 거예요. 맞아, 엄마가 돌아가셨지. 처음 잠에서 깨어 비몽사몽 하던 순간으로 돌아갈 수 있다면 얼마나 좋을까."

그토록 오랜 시간이 흘렀어도, 유진 선생님은 아직도 잠에서 덜 깬 그 순간으로 돌아가기를 바라는 것 같았다.

선생님이 하는 말이 무슨 뜻인지 이해가 갔다.

아빠가 죽은 뒤로 나도 매일 아침 그런 기분이니까.

나는 펜을 들고 적기 시작했다.

5

애비

구구절절 이야기하는 사람을 본 적 없다면 유진 선생님을 만나 보길 바란다.

분명 같이 체육관을 다니는 친구들과 단백질 셰이크를 마실 때도 그 친구한테 상실이니 애도니 이런 조언을 했을 거다. 물어보지도 않고 궁금해하지도 않는 사람들한테도 말이다. 그리고 민감한 사생활에 관한 질문도 막 해 댔겠지. 그 체육관 친구들이 참 불쌍하다.

"좀 전에 여러분은 사랑하는 이가 죽고 난 후, 주위 사람들이 이상한 반응을 보여서 화가 났던 경험을 함께 이야기해 보았습니다. 화가 났던 일에 대해 더 하고 싶은 말이 있나요?"

유진 선생님이 물었다.

나사에서 로켓을 쏘듯이 구스타보가 손을 번쩍 들었다. 누가 재한테 **알랑방귀**라고 적힌 티셔츠 좀 갖다주면 좋겠다.

"우리 이웃집 아주머니 기억하시죠? 전 가끔 그 집 초인종을 누르고 막 소리를 지르고 싶어요."

선생님이 공감하는 듯 고개를 끄덕였다.

"그 아주머니가 의도하진 않았겠지만, 아주머니 행동 때문에 구스타보가 기분이 상했지요."

"그리고요, 사람들이 담배 피우는 모습을 보면 화가 나요."

구스타보 입은 한번 열면 멈출 수 없나 보다.

"그 사람들은 아직 살아 있지만, 담배를 피운 적도 없는 우리 파피는 **죽었어요.**"

크리스토퍼가 고개를 절레절레 흔들며 입을 열었다.

"좀 어이없긴 해. 우리 엄마 아빠랑 오래전부터 알고 지낸 집이 있는데, 나도 그 집 애들이랑 친했어. 그 사람들 덕분에 내가 체스를 시작했지. 우리를 자기네 집 저녁 식사에 초대하기도 했어. 그런데 우리 아빠가 그렇게 되고 나서, 음, 죽고 나서는 전화도 하지 않아."

크리스토퍼가 완곡어법을 피하려 했다.

"내가 전화하면 항상 애들이 바빠서 같이 체스 한 판 둘 시간도 없다는 거야. 이상하게 들리겠지만, 나를 무슨 전염병을 옮기는 사람처럼 대하는 기분이었어. 우리끼리 놀다 보면 그 집 아빠도 같이 죽을 것 같았나 봐.”

“상실의 경험이 전화번호부를 바꾸었군요.”

선생님이 고개를 끄덕이며 말했다.

“전화번호부? 아, **저장 목록** 말씀하시는 거죠?”

펠리시아가 헷갈린 듯 다시 물었다.

“저장 목록?”

이번에는 유진 선생님이 이해가 안 가는 모양이었다.

“휴대 전화 저장 목록이요.”

펠리시아가 자기 주머니에서 휴대 전화를 꺼내 보이자 크리스토퍼가 노려보았다. 왜 저렇게 휴대 전화에 민감한지 모르겠다.

“옛날 옛적에 공룡이 지구에서 살았을 때 우리에게는 **전화번호부**가 있었지요. 하지만 이제는 ‘상실의 경험이 저장 목록을 바꾼다.’라고 말해야겠어요. 말이 나온 김에 우리가 치유 모임을 하는 동안 휴대 전화 사용을 금지하겠습니다.”

펠리시아가 한숨을 내쉬었다.

“아, 싫은데. 꼭 그래야 해요?”

“네!”

유진 선생님이 대답했다.

“전 휴대 전화 없으면 불안해요. 아, 그리고 우리 할아버지 할머니가 전화하실지도 몰라요.”

"소리가 울리게 해 놓으면 되지요."

유진 선생님이 말했다.

"저도 휴대 전화 사용을 금지하는 데 찬성입니다."

크리스토퍼가 말했다.

우리가 유진 선생님에게 휴대 전화를 제출하자 선생님은 테이블 위에 쌓아 두었다. 나보고 주머니 공을 내라고 하지 않아서 다행이었다.

선생님은 아까 주제로 다시 말을 이어 갔다.

"위로해 주리라 기대했던 사람들 몇몇은 우리의 기대를 저버리기도 합니다. 그러면 우리는 상처를 받지요."

"그리고 기대하지 않았던 사람들에게서 위로를 **받기도** 해요."

앙투안이 덧붙였다.

"맞아요! 앙투안, 혹시 그런 사람이 있나요? 좋은 쪽으로 깜짝 놀라게 해 준 사람 말입니다."

앙투안은 주저하지 않고 바로 대답했다.

"에티엔 **삼촌**이요. 마망의 남동생이에요. 둘은 사이가 좋지 않았어요. 마망 말로는 자기 누나가 동성애자라는 사실을 싫어했대요. 하지만 빈센트가 죽고 나서 에티엔 삼촌은 마망을 찾아오기 시작했어요. 올 때마다 늘 수프를 챙겨 왔어요. 당근 수프, 브로콜리 수프, 수박 수프……."

"수박 수프? 수프에 수박을 넣는다고? 처음 들어."

구스타보가 물었다.

"진짜 맛있어. 우선 수프에 수박이 들어 있다고 생각해 봐. 빈센트는 일 년 육 개월 전에 죽었지만, 에티엔 삼촌은 아직도 수프를 갖고 와요. 그러니까 삼촌은 좋은 쪽으로 우리를 놀라게 했어요. 전에는 재수 없었거든요."

앙투안이 **재수 없다**라는 말을 내뱉었다.

유진 선생님이 또 두 손을 비볐다.

"화나거나 짜증이 날 때는 감정을 발산하는 편이 건강에 좋습니다. 이런 감정들은 억누르면 더욱 커지거든요. 한번은 여기에 펀칭백을 갖다 놓은 적도 있어요."

구스타보가 손을 들었다.

"타일러가 손가락이 부러졌던 그해였나요?"

선생님은 고개를 끄덕였다.

"타일러한테 손목 붕대를 감으라고 얘기해 줬는데 안 했더군요. 이제 손 내려도 돼요, 구스타보."

펠리시아는 까만색 매니큐어를 물어뜯더니 작은 목소리로 말했다.

"난 우리 부모님에게 화가 나요."

죽은 사람한테 화를 낼 수 있을까? 펠리시아는 죽은 부모님에게 화냈다. 죽은 게 두 사람 잘못이 아닐 텐데도 펠리시아는 그들을 탓했다.

"엄마랑 아빠는 그날 설상차를 타지 말았어야 했어요. 위험하다고……."

펠리시아는 말을 마치지 못했다.

나는 얼른 펠리시아에게 티슈 상자를 건넸다. 펠리시아가 훌쩍거리기 시작하자 나는 펠리시아의 손을 꼭 잡아 주었다. 펠리시아도 응답하듯 내 손을 꼭 쥐었다.

"정말 안됐다. 두 분을 잃어서 아니, 두 분 다 돌아가셔서 말이야. 정말 최악일 거야."

나도 완곡법을 피했다.

"애비, 펠리시아에게 공감할 수 있다니 훌륭하구나!"

유진 선생님이 불쑥 끼어들었다. 내가 다른 사람하고 공감하면 이상한가? 유진 선생님이 놀라서 하는 말처럼 들렸다.

"지금 중요한 사실을 하나 짚고 넘어가야겠습니다. 상실의 슬픔은 누구의 것이 더 크냐 작냐를 따질 수가 없습니다. 상실의 고통은 비교할 수 없어요."

유진 선생님은 잠시 말을 멈추었다가 진지하게 말을 이었다.

"고통은 고통일 뿐입니다."

고통은 고통일 뿐이라고? 나는 웃음이 터질 뻔했다. 그 나이 많은 골드파브 선생님이 말해도 이것보다는 잘하겠다 싶었다. 펠리시아는 휴지로 뺨을 콕콕 찍어 누르며 말했다

"맞아요. 고통은 고통일 뿐이에요."

"애비, 너는 어떠니? 화가 날 때가 있니?"

유진 선생님이 나를 보며 물었다.

"아뇨. 별로요."

구스타보가 답답하다는 듯 눈을 치켜떴다.

"그래, 구스타보. 네가 눈을 그렇게 치켜뜨니까 화가 난다."

"너도 화가 나서 그런 농담 하는 거잖아."

"비꼬는 거야. 그게 내 유머 스타일이지."

유진 선생님이 나를 쳐다보는 느낌이 들었다. 무슨 말을 하려다가 구스타보랑 내가 실랑이하도록 내버려 두기로 했나 보다. 나도 가끔 주피터랑 옆집 삼색 고양이랑 옥신각신하면 내버려 둔다. 내가 끼어들지 않으면 보통은 둘이 알아서 정리했다. 앙투안이 몸을 앞으로 기대며 나에게 물었다.

"너는 항상 비꼬는 식이야?"

나는 대답하지 않았다. 솔직히 나도 잘 모르겠다. 날 때부터 그랬는지 엄마가 죽고 나서 삐딱해졌는지.

"가끔은 아빠 때문에 화가 나. 아빠는 진짜 너무……."

내가 왜 얘네들한테 이 얘기를 하는지 모르겠다.

"짜증 나?"

펠리시아가 말을 거들었다.

"우리 아빠도 그래. 아니 **그랬어**. 진짜 짜증 나. 엄마도 똑같아."

펠리시아가 입술을 깨물며 한숨을 쉬었다.

"물론 두 분이 돌아온다면 무슨 짓이든 할 거야. 무척 보고 싶어."

펠리시아가 눈가를 닦았다.

"그래. 짜증 나. 그런데 그게 다가 아니야."

결국 다 말해 버리기로 했다.

"아빠는 기분이 이렇다 저렇다는 말을 절대로 안 해. 유머 감각도 완전 꽝이야. 엄마가 훨씬 재밌는 사람이었어."

유진 선생님이 내 마음을 알겠다는 듯 고개를 끄덕였다.

"아버님도 부모님 과정을 들으니까 앞으로 좀 더 감정을 표현하시게 될 거예요."

"아빠는 감자튀김이 맛있는지도 모를 거예요."

다들 웃었는데, 구스타보만 웃지 않았다.

"그거 봐. 너무 꼬니까 농담 같지 않잖아."

유진 선생님이 손바닥을 높이 들어 보였다. 우리 둘을 갈라놓을 때가 되었다고 판단한 듯했다.

"화를 내거나 짜증 내거나 슬픔을 드러내는 행동은 나쁘지 않아요. 그런 감정을 느낄 때 발산할 방법이 있으면 도움이 됩니다. 농담도 일종의 배출구가 될 수 있어요. 운동이나 다른 신체 활동도 도움이 됩니다. 애비는 축구를 한다고 했고, 저도 매일 운동한다고 말했던 것 같군요."

"전 비디오 게임을 해요."

앙투안이 말하고 나더니 자기 팔꿈치로 나를 쿡 찔렀다.

"저기, 뭐 물어봐도 돼? 왜 축구화 신고 치유 모임에 왔어?"

"오늘 축구 연습하러 가고 싶었거든. 치유 모임이 아니라."

선생님은 아까 멈췄던 주제를 계속 이어 갔다.

"비디오 게임도 배출구가 될 수 있어요. 체스도 그렇고요."

크리스토퍼를 염두에 두고 하는 말 같았다.

"미술도 마찬가지입니다. 그럼, 지금부터 소소한 미술 활동을 하겠습니다."

유진 선생님은 우리가 잃은 소중한 사람과 보낸 행복했던 시간을 그려 보라고 했다.

그때 나는 화가 나는 물건을 발견했다. 사인펜이다.

초등학교 3학년 때 이후로는 사인펜을 쓴 적이 없는 데다가, 전혀 쓰고 싶지도 않았다.

크리스토퍼가 사인펜 따위는 안 쓰겠다고 말하기를 은근히 바랐는데, 벌써 뭔가 끄적거리느라 바빴다.

나는 크리스토퍼가 그린 까맣고 기이하게 생긴 형체를 가리키며 물었다.

"이거 체스 말이야?"

"재봉틀이야. 아빠가 고친 물건 중 하나야."

"아하! 재봉틀? 더 궁금해지잖아. 너희 아빠가 재봉틀을 고치셨어? 아니면 재봉틀로 바느질도 하셨어?"

"바느질도 하셨어. 아빠는 그러면 마음이 편안해진댔어."

구스타보와 달리 크리스토퍼는 말을 별로 안 했다.

"어떤 물건을 만드셨어?"

"뭐, 그냥 물건."

"내가 알면 너한테 묻겠니?"

크리스토퍼가 한숨을 내쉬었다.

"거실 커튼을 만드셨어. 하지만 뭔가를 새로 만들기보다는 주로 수선을 하셨어. 이거 봐."

크리스토퍼는 테이블 밑에 있던 다리를 올려 회색 교복 바지의 무릎 부분을 보여 주었다.

"여기 구멍이 뚫렸는데 아빠가 메꿔 주셨어. 네 눈에는 잘 안 보일 거야."

나는 작은 회색 실 땀을 아주 자세히 들여다보았다.

"와! 대단하다!"

크리스토퍼가 살짝 웃었다.

"어, 고마워."

말본새를 보면 크리스토퍼야말로 구멍을 메꿔 주어야 할 것 같다.

앙투안은 수조를 그리는 것 같았는데, 곧 아기가 들어 있는 인큐베이터라는 걸 알아차렸다. 아기는 빈센트겠지. 앙투안이 여자 두 명과 남자아이 한 명을 더 그리고 나자 나는 그것이 가족사진임을 알 수 있었다.

펠리시아도 앙투안의 그림을 바라보았다.

"엄마가 두 명이면 좀 이상하지 않아?"

펠리시아가 앙투안에게 물었다.

조금 짓궂은 말투였다. 속으로 비웃는 것처럼. 하지만 앙투안은 아랑곳하지 않고 고개를 들 필요도 없다는 듯 그림만 보면서 대꾸했다.

"그런 거 없어."

펠리시아는 공주풍 캐노피 침대에 누운 여자아이를 그렸다. 그림 한쪽 귀퉁이에는 부모님이 천사처럼 하늘을 날고 있었다. 좀 으스스했다. 그래도 펠리시아는 그림을 잘 그렸다. 눈가에 까만 아이라이너를 칠한 모습이 펠리시아랑 똑같았다.

구스타보는 자전거를 그린 것 같았는데 진짜 알아보기 힘들었다. 내가 어깨 너머로 슬쩍 보는 걸 눈치챘는지 나한테 물었다.

"넌 뭐 그렸어, 애비?"

"아무것도. 사인펜은 아기들이나 쓰는 거잖아."

앙투안이 나를 돌아보았다. 어이쿠! 내가 왜 하필 **아기**라고 말했을까.

"그러니까 내 말은, 사인펜 쓰기에는 내가 너무 늙었다고."

유진 선생님이 내 팔꿈치를 톡톡 두드렸다.

"목탄을 쓰기에도 너무 늙었을까?"

선생님은 나에게 목탄 연필 여섯 자루가 들어 있는 상자를 건네주었다.

나는 목탄을 하나 집어 들고 종이 위에다 쓱쓱 그림을 그렸다. 어쩌다가 내가 그린 선에 팔꿈치가 닿으면 목탄이 번졌는데, 검게 번지는 모습이 왠지 마음에 들었다.

처음에는 그림으로 그릴 만한 추억이 떠오르지 않았다. 엄마가 아팠던 기억이 전부였으니까. 엄마는 마지막까지도 힘없이 침대에 누워 있었고, 가끔 침대에서 일어나려면 안간힘을 써야 했다. 엄마가 건강하던 시절을 떠올리려면 기억을 한참 더듬어야 한다. 옛날의 엄마. 언제나 내 곁에 있으리라 생각했는데.

그러다가 문득 좋았던 기억이 떠올랐다.

내 생일이었다. 엄마는 직접 만든 초콜릿 케이크를 잘라 첫 조각을 나에게 주었다. 맛을 보는데 구역질이 날 것 같았다.

"애비, 맛이 이상하니?"

엄마는 포크로 내 케이크 조각을 조금 떼어 내어 맛을 보더니 바로 냅킨에다가 뱉었다. 그러고는 입을 가리며 말을 이었다.

"어머나, 설탕을 깜박했어!"

엄마는 너무 크게 웃는 바람에 옆구리를 잡아야 했다.

나는 목탄으로 불꽃을 그려 번지게 문지르고, 그 밑에 양초를 그렸다.

유진 선생님이 나를 보는 게 느껴졌다. 종이를 살짝 옮겨 선생님이 못 보게 가렸다.

엄마와의 추억을 다른 아이들에게 이야기하라고 하지 않기를 간절히 바랐는데, 선생님은 목을 가다듬었다.

"으흠, 애비, 네 그림에 대해 우리에게 해 주고 싶은 이야기가 있을 것 같은데."

나는 그림을 뒤엎었다.

"없는데요."

구스타보가 나를 보며 한숨을 내쉬었다.

"좀 착하게 굴 수 없어? 유진 선생님은 믿어도 돼. 그리고 여기 있는 우리도 좀 믿어라."

"과연 여기 있는 **모두**를 믿을 수 있을까."

크리스토퍼가 중얼거렸다.

유진 선생님이 손바닥을 들어 보이며 말했다.

"구스타보, 네가 중간중간 말해 주는 건 고맙다. 하지만 애비, 꼭 착하게 굴 필요는 없어. 그냥 편하게 네 시간을 보내렴. 우리는 주말 내내 같이 있을 테니까. 다른 사람을 믿으려면 시간이 필요하지. 그리고 여러분 가운데 함께 이야기를 나누고 싶지 않은 사람은 그러지 않아도 괜찮습니다. 우리는 하기 싫은 걸 억지로 하려고 모인 게 아니니까요."

그 **우리**에는 구스타보도 포함이겠지?

구스타보는 말귀를 못 알아들었는지 손을 들었다.

"유진 선생님도 남들에게 말하기 힘든 이야기가 있어."

이번에는 유진 선생님이 한숨을 쉬었다. 조수를 해고하고 싶은 마음이 들었나 보다.

6

크리스토퍼

나는 슬며시 테이블에 가까이 가서 턱을 괴고 앉았다. 남들에게 자기 이야기를 **나누기** 싫어하는 사람은 나뿐이 아니었다. 유진 선생님도 혼자만의 비밀을 지닌 듯 보였다.

앙투안도 턱을 받치고 앉았다. 애비의 눈은 유진 선생님 얼굴에 고정되었다.

"남들에게 말하기 힘든 이야기라니, 그게 뭐예요?"

장담하건대, 펠리시아가 개라면 지금쯤 침을 질질 흘릴 거다.

유진 선생님은 자기 스마트밴드를 만지작거렸다. 꼬맹이들 앞에서 속을 드러내느니 당장이라도 천 보를 더 걸어서 기록을 달성하고 싶겠지.

펠리시아는 자기 그림 속 침대에다 베개를 더 그리다 말고 펜을 내려놓더니 테이블 위에 놓인 자기 휴대 전화를 뚫어질 듯 바라보았다. 유진 선생님이 할 이야기가 무엇이든 녹음하고 싶은 모양이었다.

구스타보는 아랫입술을 깨물었다.

"저, 죄송해요. 선생님. 아무 말도 하지 말 걸 그랬나 봐요."

선생님은 구스타보의 어깨를 토닥였다.

"걱정하지 말게나, 친구. 그 이야기는 조금 이따가 해 주려고 했을 뿐이야. 꽤 사적인 이야기니까. 아, 차라리 지금 이야기하는 게 낫겠다. 쇠뿔도 단김에 빼랬지."

유진 선생님은 테이블 아래로 다리를 쭉 뻗고 나서 발목을 서로 꼬았다. 그러고는 숨을 깊게 들이마셨다가 천천히 내쉬었다.

"자, 그럼 시작할게요. 어머니가 돌아가신 때는 1972년입니다. 아까 말했듯이, 내가 얼마나 어머니를 그리워하는지 함께 얘기할 사람이 아무도 없었어요. 아버지는 일에 파묻혀 지내셨고요."

선생님은 말을 잠시 멈추었다.

"정말 딱 맞는 표현이지요. **파묻히다**니. 어머니가 돌아가시고 나서 아버지도 죽은 사람이나 다름없었습니다. 형제들도 다들 사느라 바빴어요. 엘로이즈 누나는 아기를 낳았고, 빌 형은 약혼했어요. 제 친구 중에는 어머니나 아버지가 죽은 사람이 한 명도 없었고요. 목사님조차도. 아, 우리 목사님은 나에게 이런 말까지 했어요. '유진, 지나간 일이야. 잊어야 해.' 목사님은 소중한 사람을 잃은 심정을 이해하지 못했어요. 여러분, 그냥 **잊으면** 안 됩니다."

선생님은 목소리를 높였다. 짧은 순간이었지만.

"무엇보다도 저는 상실감을 마주하지 않고 자랐어요. 고등학교에 가고 대학 생활도 일 년 해 보았지만, 공부를 왜 해야 하는지 몰랐어요. 솔직히 말하자면, 그 어느 것에도 의미가 없다고 생각했습니다. 공장에 취직해서 주임까지 승진했지만 내 안에서는 무언가가 어긋나는 것 같았어요. 그 무언가가 뭔지도 모른 채 살았고 그것을 뭐라 불러야 하는지도 몰랐죠."

"상실의 별에 계셨군요."

앙투안이 부드럽게 말했다.

"네, 맞아요. 나만 그걸 몰랐어요. 1992년에 아버지가 돌아가시고 나서 나는 완전히 무너져 내렸어요. 밖으로 나오지 못하고 내내 억눌려 있던 슬픔 때문이었어요."

선생님은 잠시 말을 멈추었다. 이제 가장 말하기 힘든 부분인가 보다.

"결국, 나는 노숙자가 되었습니다."

나는 의자에서 벌떡 일어났다. 유진 선생님이 노숙자라고? 말도 안 돼! 도저히 상상이 되지 않았다. 앙투안이 숨을 삼키며 말했다.

"농담이시죠?"

"그랬으면 좋겠습니다. 거의 사 년 동안을 길거리에서 지냈어요. 그 사 년이 제 인생에서 가장 힘든 시절이었어요."

펠리시아가 몸을 떨었다.

"겨울에도요? 와, 대단하다!"

나는 고개를 돌려 펠리시아를 쏘아보았다.

"대단해? 너 방금 대단하다고 말했어? 야, 넌 감정도 없어?"

펠리시아가 기분 상한 듯 대꾸했다.

"물론, 나도 감정은 있어."

구스타보가 짜증 내며 말했다.

"야, 너희 좀! 선생님 말씀하시잖아."

"저는 겨울에도 거리에서 지냈어요. 정말 추운 밤에만 보호소에 가서 하룻밤이나 이틀 밤 정도 지냈습니다."

선생님이 말을 이었다.

펠리시아는 자기 가방에서 까만 후드티를 꺼내 어깨에 걸쳤다.

"정말 슬픈 영화가 되겠어요."

펠리시아는 나와 눈이 마주치자 덧붙였다.

"아님 책이거나요."

"누가 거리에서 노숙하거나 **한때** 노숙했었다고 얘기하면, 대부분은 그 사람을 이상한 사람이라고 평가하지요. 그래서 저는 이 얘기를 잘 안 합니다. 평가받는 걸 좋아하는 사람은 없으니까요."

그때 나도 모르게 말이 나왔다.

"우리 아빠는 노숙자를 돕는 일을 했어요."

나는 곧바로 그 말을 다시 주워 담고 싶었다. 아빠 얘기는 하지 않으려 했는데.

"오, 그러니?"

유진 선생님이 인상적이라는 듯 말했다. 엄마가 그 얘기는 안 한 모양이었다.

"아버님이 무슨 일을 하셨었는지 우리에게 이야기해 볼래? 네가 편하게 얘기할 수 있으면."

선생님은 손을 허공에 저으며 말했다. 선생님 팔뚝에 불거진 힘줄이 보였다.

"아빠는 구급대원이었어요."

이번에는 내가 숨을 크게 들이마셨다 내쉬었다. 왜인지는 모르겠지만, 다른 사람들에게 아빠 직업을 이야기하자 내 안에서 무언가를 끄집어낸 기분이었다.

"내가 가장 존경하는 직업이란다. 구급대원들은 늘 놀라운 일을 하지. 그 일을 당연하게 여기는 사람들이 대부분이지만."

"저도 언젠가는 구급대원이 될 거예요."

내 목소리가 너무 작아서 속삭이는 것 같았다.

"훌륭한 생각이야."

선생님이 말했다.

우리 아빠가 구급대원이었다는 이야기를 하지 말 걸 그랬다.

재봉틀로 수선하는 걸 좋아했다는 말도 괜히 했다.

엄마 말로는 유진 선생님은 아빠가 어떻게 죽었는지 알고 있다고 했다. 하지만 다른 아이들도 그 사실을 알아내면 어떡하지?

구급대원들은 뭔가를 고친다. 그들은 사고나 범죄를 가장 빨리 접한다. 어떤 현장은 매우 섬뜩할 때도 있다. 아빠는 사람들이 피를 너무 많이 흘려 죽는 걸 막고, 때때로 그들이 숨을 쉬지 못하면 산소를 공급해 주었다. 하지만 정작 자신이 트라우마가 너무 심해져 치료를 받아야 하는 사람이 되었을 때, 아빠는 어떻게 도움을 청해야 하는지 몰랐다. 아빠는 그런 사람이었다.

유진 선생님이 노숙자 생활을 했으리라고는 상상도 하지 못했다. 진한 향이 나는 화장품을 바르고 대머리를 감추기 위해 이상한 머리 모양을 하고 있지만, 선생님은 정말 많은 일을 겪었던 거다. 사 년이라니. 길거리에서 몬트리올의 겨울을 네 번 보낸 셈이다. 그런 점은 존경할 만하다.

아빠는 노숙자들을 많이 돌봤다. 아빠는 그 사람들도 우리와 별로 다를 게 없다고 말했다. 다만 운이 안 좋았을 뿐이라고. 어떤 노숙자 아저씨를 치료한 적이 있는데 알고 보니 꽤 높은 자리에 있던 주식 거래인이었다고 했다. 냉장고 상자처럼 커다란 상자에서 살다가 뇌졸중으로 쓰러진 여자도 있었다. 여자를 꺼낼 때 상자 속 냄새가 너무 고약해서 아빠는 인공호흡기를 껴야 했다.

구스타보가 손을 들었다.

"어떻게 인생이 바뀌게 되었는지도 얘기해 주세요. 전 그 부분이 제일 좋아요."

나도 죽겠다. 내 말은, 진짜로 유진 선생님이 어떻게 거리 생활에서 벗어났는지 정말 궁금해 죽겠다는 말이다.

"저도요. 어떻게 **했기에** 인생이 바뀌었어요?"

앙투안이 물었다.

유진 선생님은 꼬았던 다리를 풀고 의자에 등을 기대고 앉았다. 이제부터는 말하기 쉬운 듯 보였다.

"밤마다 낡고 하얀 승합차가 돌아다녔어요. 그 당시에는 20번 고속도로 옆 지하 차도에서 몇몇 노숙자들이 자고 있었지요. 그 승합차 안에는 간호사 한 명과 자원봉사자 한 명이 타고 있었어요. 겨울이면 그 사람들이 노숙자들에게 커피도 주고 두꺼운 양말도 나누어 주었습니다. 거리에서 지내면 양말이 얼마나 자주 닳아 떨어지는지 여러분은 잘 모를 거예요. 종일 걸어 다녀야 하거든요. 어쨌든, 저는 그 봉사자하고 친해졌어요. 이름은 머나예요. 우리는 지금도 여전히 친구로 잘 지낸답니다. 제가 어머니의 죽음에 대해서, 그리고 심장에 생긴 구멍에 대해 함께 이야기를 나눈 사람은 머나가 처음이었어요."

나는 애비를 힐끗 보았다. 애비는 이야기에 몰두하느라 유진 선생님이 **심장**이라고 말해도 눈치채지 못한 듯 보였다.

"머나는 나에게 상실감을 극복하지 못한 사람들을 지원해 주는 단체를 알려 주기도 했어요. 그 모임에는 나까지 열두 명이 있었어요. 우리는 석 달 동안 매주 한 번씩 시내에서 만났습니다. 그 모임에서 이런저런 도움을 받으며 모든 게 바뀌기 시작했어요. 운동을 시작한 것도 그 무렵이었어요. 그리고 다시 대학에 가서 애도 상담사가 되겠다는 꿈도 꾸기 시작했어요. 매우 오랜 시간이 걸리고 정말 열심히 공부해야 했지만, 많은 도움과 지지를 받았어요. 그래서 마침내 꿈을 이루게 되었습니다."

"그 모임에서 만난 분들하고 아직도 친구로 지내세요?"

나는 물었다. 애비랑은 친구가 될 것 같았다. 앙투안도 괜찮다. 구스타보는 그냥 그렇고. 펠리시아와는 절대로 친구로 지내고 싶지 않았다. 믿을 수 없는 사람과는 친구로 지내 봐야 좋을 게 하나도 없으니까.

유진 선생님은 티셔츠 속에 감춰진 복근을 톡톡 두드렸다. 그러고는 고개를 들어 나를 보더니 씩 웃었다.

"그렇다고도 할 수 있지요. 그 모임에서 데니즈를 만났어요. 우리는 1999년에 결혼했어요. 데니즈를 만난 건 내 인생 최고의 일이었어요. 아, 데니즈랑 우리 쌍둥이를 만난 일이라고 해야겠네요. 미셸과 토드. 이제 막 열다섯 살이 되었습니다. 다행히도 아빠를 안 닮았어요."

"선생님도 보기 괜찮아요. 엄마는 제 머리가 선생님처럼 되지 않으면 좋겠다고 말했지만요."

구스타보가 끼어들었다.

애비는 테이블에 몸을 기대며 말했다.

"선생님, 머리는 둘째치고요, 제가 만약 선생님이고 쌍둥이 자녀가 있다면 아이들이 날 닮아서 운동 강박증이 있을까 걱정할 것 같아요. 이런 질문을 해도 될지 모르겠지만요, 걔들도 스마트 밴드 차고 다녀요?"

애비의 무덤덤한 말투에 나는 웃음이 나왔다. 하지만 방금 떠올린 그 단어가 머릿속에서 맴돌자 나는 웃음을 뚝 그쳤다. **무덤**덤.

7

애비

어떤 사람들은 자기가 한 농담에도 잘 웃지 않지만, 나는 그 누구의 농담보다도 **내가** 한 농담에 잘 웃는 편이다.

웃음에는 한 가지 안 좋은 점이 있다. 엄마가 더 보고 싶어진다는 것이다. 엄마는 심하게 웃을 때 입에서 침이 나와 턱에 고이기도 했다. 지저분하게 들릴지도 모르겠지만, 나는 그 모습이 늘 귀엽다고 생각했다. 내가 엄마를 놀리면 엄마는 더 크게 웃었다. 이제는 누가 웃으면 입가에 침이 고이는지 살피게 된다. 그런 사람은 아직 한 명도 못 봤다.

치유 모임은 나한테 도움이 안 된다. 엄마가 덜 그리워지지 않으니까. 주말 내내 여기에 갇혀 지내면서 딱 하나, 펠리시아와 친구가 되었다는 점만 좋았다. 유진 선생님이 우리에게 해 준 노숙자 생활 이야기는 정말 흥미진진했다. 펠리시아 말이 맞았다. 그건 정말 애틋한 영화가 될 것 같았다.

크리스토퍼가 자기 아빠처럼 구급대원이 되고 싶다고 한 이야기도 멋있었다. 크리스토퍼네 아빠는 분명 누군가의 생명을 구하려다가 죽었을 것이다. 무슨 일이 있었는지 크리스토퍼가 말하기 꺼리는 걸 보면 앞뒤가 딱 맞는다.

저 멀리서 찢어질 듯 요란한 구급차 사이렌 소리가 들렸다. 몬트리올처럼 큰 도시에서는 늘 구급차 소리가 들린다. 크리스토퍼가 한 이야기 때문인지, 나는 사이렌 소리에 더욱 신경이 쓰였다. 소리가 점점 더 커졌다. 펠리시아가 창가로 달려가 밖을 내다보았다.

"무슨 일인지 가 보고 싶다."

크리스토퍼는 어깨가 뻣뻣해졌다. 구급차가 학교를 지나고 사이렌 소리가 사라지고 나서야 긴장을 풀었다.

펠리시아는 어깨를 으쓱하더니 자기 자리로 돌아가 앉았다. 다 끝나서 섭섭한 듯했다.

"우리 마미는 운전하다가 구급차 사이렌 소리를 들으면 안절부절못해요."

구스타보가 말했다.

구스타보는 조용한 걸 잠시도 참지 못한다. 유진 선생님의 이야기가 막 끝났을 때처럼 교실이 조용해지면, 그 텅 빈 적막을 채우려고 말을 꺼낸다. 엄마의 이모인 지나 할머니도 그랬다. 엄마랑 나는 게임을 하곤 했는데, 지나 할머니가 우리 집에 와서 저녁을 먹는 날이면 둘이 대화를 멈추고 잠자코 서로를 바라보았다. 그러면 어김없이 지나 할머니가 말을 꺼냈다.

"우리 마미는 운전을 잘 못해요. 크리스토퍼가 아니었으면 지금도 밖에서 주차하고 있을 거예요."

구스타보가 말했다.

앙투안이 자기 손을 쥐었다 폈다 하더니 목을 가다듬었다.

"빈센트가 죽은 그날 밤에, 구급대원이 우리 집에 왔어요. 하지만 그 사람들이 할 수 있는 건 아무것도 없었어요. 엄마들이 너무 크게 소리를 질러서 아래층 사람들까지도 잠이 깼어요. 구급차 소리를 들을 때마다 그때 생각이 나요."

앙투안은 울지 않으려고 눈을 자꾸 깜박거렸다.

"참 애석한 일이구나."

유진 선생님이 나지막이 말했다.

펠리시아가 자기 손을 테이블에 올리며 말했다.

"이렇게 생각해 봐. 빈센트가 좀 더 나이를 먹고 죽었다면 더 나빴을 거라고."

"펠……."

선생님이 뭐라 말하려는데 앙투안이 말을 막았다.

"왜? 빈센트가 나이를 더 먹고 죽는 게 왜 더 안 좋아?"

앙투안이 펠리시아에게 물었다. 펠리시아가 앙투안의 엄마가 두 명인 것이 이상하다고 말했을 때는 그러려니 하더니, 지금은 눈에서 불이 이글거렸다. 펠리시아는 앙투안을 쳐다보았다.

"그럼 네가 더 많이 사랑했을 테니까."

앙투안은 등을 쭉 폈다. 펠리시아가 무슨 뜻으로 한 소리인지는 알겠지만, 그렇게 말하면 안 되는 거였다. 순간, 앙투안이 자기 자리에서 박차고 나가려고 해서 나는 불안했다. 다행히 앙투안은 다시 자리에 앉았다.

"네가 뭘 알아? 나는 빈센트를 더 사랑하고 싶어도 그럴 수 없어! 그게 제일 괴로워!"

유진 선생님이 앙투안의 등을 토닥거렸다.

"펠리시아가 널 화나게 했구나. 앙투안, 방금처럼 말하길 잘했어. 어린 사람이 죽으면, 빈센트처럼 너무 어린 나이에 죽었을 때는 죽은 이만 애도하는 게 아닙니다. 이제는 사라져 버린, 앞으로 함께 지냈을 순간도 함께 애도해야 합니다."

"널 화나게 하려는 건 아니었어."

펠리시아가 말했다.

저건 사과가 아니다.

앙투안은 고개만 끄덕였다.

다시는 엄마와 함께 지낼 수 없는 순간들에 대해 생각해 봤다.

앞으로는 내가 축구 연습하는 모습을 엄마가 구경하러 오는 일도 없을 테고, 고등학교 졸업식이나 내 결혼식에도 엄마는 없을 테지. 혹시라도 내가 결혼을 한다면 말이다.

크리스토퍼가 유진 선생님을 바라보았다.

"아빠는 다른 구급대원들을 가르치기도 했어요. 언젠가는 저도 그 수업을 들을 거라고 늘 상상했어요. 그러니까 그것도 이제는 사라져 버린 순간이네요."

크리스토퍼가 껍질에서 나오고 있는 걸까, 아니면 구급대원에 관한 이야기가 좋아서일까.

"구스타보가 자기 엄마는 사이렌 소리를 들으면 안절부절못한다고 말했잖아요. 사람들은 거의 다 그렇게 반응해요. 구급차가 향하는 장소나 버스에 탄 구급대원들에 대해서는 깊게 생각하지 않아요."

"버스?"

내가 물었다.

"구급대원들은 구급차를 그렇게 불러."

"구급대원의 삶을 영화로 만들면 굉장할 거야."

펠리시아가 말했다.

"너는 그런 생각밖에 못 해?"

크리스토퍼가 화를 내면서 묻는 바람에 펠리시아를 싫어한다는 걸 확실히 알 수 있었다. 왜 그런지 모르겠다. 펠리시아가 눈치없긴 하지만, 그게 싫어할 만한 이유는 아닐 텐데.

나는 **내가** 펠리시아를 싫어하지 않는다고 알리고 싶어서 이렇게 말했다.

"구급대원이 나오는 영화라면 나도 꼭 보러 갈 거야."

유진 선생님은 펠리시아를 가만히 바라보았다.

"하지만 크리스토퍼 말도 일리가 있어. 너는 모든 일을 영화의 한 장면처럼 보려는 것 같구나."

"아, 네."

펠리시아가 다시 바닥을 빤히 내려다보았다. 펠리시아는 그런 행동을 자주 했다.

"이번 미디어 연구 수업은 굉장해요. 삼 분짜리 다큐멘터리를 만드는 데 얼마나 많은 작업이 필요한지 알면 다들 놀랄 거예요."

"무엇에 관한 다큐멘터리니?"

유진 선생님이 물었다.

"저희 할머니를 인터뷰했어요. 할머니는 어렸을 때 『몬트리올 스타』의 기자였대요. 옛날에 어떻게 기삿거리를 조사했는지 우리에게 들려주셨어요. 작품 제목은 「이야기 사냥꾼」이에요. 할머니의 인터뷰 영상이 오래된 신문 기사 사진과 함께 나와요."

"너랑 같이 산다는 그 할머니야?"

텔레비전에 나오는 변호사가 재판에 세운 증인에게 심문하듯 크리스토퍼가 질문했다.

펠리시아는 크리스토퍼의 변호사 같은 목소리에 놀랐는지 잠깐 혼란스러워 보였다. 아니면 부모님이 세상을 떠나고 나서 할머니와 같이 산다는 걸 뒤늦게 깨달았는지도 모르겠다. 마침내 펠리시아가 입을 열었다.

"맞아. 같은 할머니야."

구스타보도 한마디 할 것 같았는데, 창밖을 바라보고 있었다. 뭘 그리 빤히 보나 했더니 자전거를 탄 남자아이였다.

앙투안도 구스타보가 창밖을 바라보는 걸 알아차렸다.

"야, 너는 왜 자전거를 그렸어?"

구스타보는 다시 테이블을 바라보더니 자기 그림을 들어 우리에게 보여 주며 이렇게 말했다.

"우리 파피야."

구스타보는 끝이 뾰족하고 까만 모자를 쓴 졸라맨을 가리켰다. 설마 구스타보네 아빠가 진짜 저런 마녀 모자를 쓰고 다니지는 않았겠지.

"처음 자전거 타는 법을 배우던 날이 생각났어요. 파피가 보조 바퀴를 뗐지만, 혹시라도 내가 넘어질까 봐 걱정하셨어요. 그래서 파피는 내 옆에서 같이 달렸어요. 혼자서 자전거를 탔던 순간이 아직도 생생하게 기억나요."

"매우 푸근한 이야기구나."

유진 선생님이 말했다.

"그것도 펠리시아가 영화로 만들겠네."

크리스토퍼가 짓궂게 한마디 던졌다.

"그 그림이 무엇을 뜻한다고 생각하니?"

선생님이 구스타보에게 물었다. 선생님은 그림에서 뭔가를 발견한 게 틀림없다. 안 그랬다면 물어보지도 않았겠지.

구스타보는 곰곰이 생각하느라 미간을 찡그렸다.

"뿌듯함이요."

"왜 뿌듯했어?"

선생님이 물었다.

뭐 뻔한 이야기겠지.

"왜냐하면, 제가 혼자서 자전거를 타는 방법을 배웠고요, 제가 독립했으니까요."

"그리고 너희 **포피**도 좋아하셨고?"

유진 선생님 목소리는 부드러웠지만, 스페인어 발음은 서툴렀다.

"틀림없이 좋아하셨을 거예요. 파피는 제가 독립적이길 바랐어요. 아!"

구스타보는 집게손가락을 공중에 휘저으며 말했다.

"그래서 제가 이 그림을 그렸다고 생각하신 거죠? 파피가 저를 자랑스러워하기를 제가 바라니까요?"

"네가 얼마나 잘 해내고 있는지, 네가 커밀라에게 얼마나 좋은 오빠인지 알고 계신다면, 아버지는 너를 무척 자랑스러워하실 거야."

선생님이 말했다.

구스타보는 마녀 모자를 쓴 졸라맨을 바라보았다.

"고마워요, 파피!"

그리고 나서 구스타보는 우리를 향해 말했다.

"파피는 칠레에서 태어났어. 칠레의 수도 산티아고에 있는 대학에서 우리 마미를 만났대."

크리스토퍼가 테이블 위로 펜을 굴렸다.

"구스타보, 누가 너보고 너무 말이 많다고 한 적 없어?"

그러자 펠리시아가 크리스토퍼를 무섭게 노려보며 말했다.

"누가 너보고 너무 말을 안 한다고 하지 않디? 그리고 말할 때는 못되게 군다고 하지 않아?"

"뭐? 못되게 굴어? 적어도 나는 지나가는 구급차를 구경하면서 신나진 않아. 누구처럼 다른 사람이 곤경에 빠진 모습에 재미있어하진 않는다고."

"자자, 여러분! 이번 주말은 즐겁게 보냅시다! 내가 여러분에게 여기가 안전한 곳이 되어야 한다고 했던 말 기억하나요? 서로에게 친절하게 대해야 안전한 곳을 만들어 낼 수 있어요. 서로를 평가하려고 들지 맙시다."

"그리고 비밀 보장한다는 규칙도 지켜야 하고요."

크리스토퍼가 이렇게 덧붙이며 심술궂은 얼굴로 펠리시아를 바라보았다.

뭐야, 왜들 저래?

"맞습니다. 어떤 사람은 침묵을 불편해하기도 하지요."

선생님이 말했다.

그 어떤 사람은 구스타보겠지.

"하지만 가끔은 불편한 느낌을 견뎌 보는 것도 도움이 됩니다. 어떤 사람들은 너무 조용한 것을 싫어하기도 해요. 보통 그 고요함이 뭔가를 생각나게 하기 때문입니다. 구스타보, 조용하면 뭔가 생각나는 게 있니?"

선생님의 목소리는 몹시 차분하고 부드러웠다. 구스타보는 평소와 다르게 아주 멀리서 울리는 듯한 목소리로 말했다.

"파피가 진단을 받은 뒤로 우리 집은 정말 조용했어요. 마미는 노래를 더 이상 안 불렀어요. 집에 사람들이 많이 찾아왔는데도 별로 말이 없었어요. 그냥 거실에 앉아서 부모님의 손을 잡아 주는 게 다였어요. 그리고 커밀라도 한동안 말을 하지 않았어요."

고맙다, 구스타보. 다음에 할 농담이 떠오르게 해 줘서.

"그럼 커밀라는 완전히 나았다고 할 수 있겠네. 말을 잘하잖아."

유진 선생님은 싱긋 웃다가, 진지한 표정으로 나를 보았다.

"이제 어떻게 침묵이 구스타보에게 자극을 주는지, 구스타보를 불안하게 만드는지 알겠지요? 여러분, 우리에게는 저마다 반응을 일으키게 만드는 방아쇠가 있어요. 애비, 너의 방아쇠는 다른 사람의 슬픔인 것 같구나."

8

크리스토퍼

누군가 교실 문을 두드렸다. 상담사 조수가 응답하려고 자리에서 벌떡 일어났다.

"안녕, **에르마니타!** 방금 다른 애들한테 네 이야기를 하고 있었어. 네가 문을 두드린다는 암시였나 봐."

구스타보가 말했다. 에르마니타는 스페인어로 **여동생**이라는 말 같았다. 이제 간식 시간이라는 암시겠지. 얼음이 달그락거리는 소리가 들렸다. 커밀라는 레모네이드가 든 유리병을 둥근 쟁반에 받쳐 들고 있었다.

"쏟으면 안 돼. 바닥이 끈적끈적해질 거야."

커밀라가 쟁반을 받아 가는 자기 오빠에게 말했다.

"다른 사람들은 착해? 마미가 그러는데 까만 옷 입은 여자아이는 나이도 어린데 머리 염색을 하고 눈 화장도 너무 진하대."

펠리시아는 콧방귀를 뀌었다. 그러고는 창가로 몸을 돌려 유리창에 비친 자기 모습을 살펴보더니 흐뭇한 미소를 지었다.

"나는 금발이 좋아."

애비가 펠리시아에게 말하는 소리가 들렸다. 왜 애비는 펠리시아를 따라다니는 열성 팬처럼 굴까?

"그러니까 무척, 뭐랄까, 극적이라고나 할까. 네 옷도 그렇고."

애비는 맞는 단어를 찾느라 한참을 머뭇거렸다.

"고마워. 너한테서 들으니까 칭찬인지는 모르겠지만. 그 축구복 반바지랑 축구화는 최신 유행 스타일은 아닌 것 같거든."

"축구 선수는 골 넣는 게 중요하지, 최신 유행은 상관없어."

애비 말에 나는 환호성을 지를 뻔했다.

유진 선생님은 캐비닛으로 가서 종이컵을 꺼냈다.

"레모네이드 마실 사람? 셀러리랑 당근은 어때?"

유진 선생님이 건강에 신경 쓰는 건 잘 알겠지만, 나는 초콜릿칩이 잔뜩 박힌 쿠키가 먹고 싶었다.

커밀라는 자기가 레모네이드를 따르겠다고 고집을 피웠다.

"너희 모둠 애들하고는 잘 지내?"

구스타보가 자기 여동생의 머리카락을 쓰다듬으며 물었다. 짜증 나는 녀석이지만 좋은 오빠라는 건 인정해야겠다. 아까 놀리지 말 걸 그랬다.

앙투안도 구스타보와 커밀라를 바라보았다. 빈센트 생각을 하나 보다. 자기 엄마가 아기를 더 갖지 않는다면 앙투안이 다시 형이 되는 일은 없겠지.

"잘 지내. 파피 이야기를 해야 했는데, 생각나는 게 없었어."

구스타보가 말했다.

"그랬구나."

커밀라는 한 방울도 흘리지 않고 구스타보의 컵에다 레모네이드를 천천히 따랐다.

나는 암시에 대해 생각해 보았다. 커밀라가 노크할 때 구스타보는 암시였다고 말했다. 나는 암시라는 게 정말 있는지 잘 모르겠다.

가톨릭에서는 기도할 때 십자가 모양으로 성호를 긋는다. 구스타보 엄마 목에도 십자가 목걸이가 걸려 있다. 만약 종교가 있다면, 적어도 자기 부모님에게 종교가 있다면 암시를 믿기가 훨씬 쉬울지도 모르겠다.

아빠와 나누었던 대화가 떠올랐다. 우리는 자주 대화를 해서 내용을 하나하나 기억하기는 힘들다. 그러니 대화 내용보다는 당시의 느낌이라고 해야겠다. 편안함. 아빠와 이야기하는 곳이라면 어디든 최고였다. 아빠가 죽은 뒤로는 누구와 있어도 그런 기분을 느끼지 못했다.

작년 아버지날에 엄마는 나에게 아빠랑 같이 자전거를 타고 마운트 로열에 있는 국립묘지에 다녀오라고 했다. 할아버지가 묻힌 곳이다.

"아빠한테는 최고의 선물이 될 거야."

아빠가 멀찍이 자리를 옮겨 가자 엄마가 속삭였다. 그날이 아빠와 함께 보낸 마지막 아버지날이 될 줄 미리 알았으면 좋았을 텐데.

아빠는 할아버지 묘지에 둘 데이지 꽃다발을 사서 배낭에 넣었다. 데이지는 셀로판지에 싸여 있었지만, 꽃잎이 떨어져서 바람에 흩날렸다. 내 자전거는 아빠 자전거 뒤를 따라 달렸다. 바람에 날리는 꽃잎이 마치 눈송이 같았다.

국립묘지로 가는 길은 너무 가팔랐다. 우리는 뻐근한 다리를 풀려고 잠시 멈춰 섰다. 자전거를 길가 덤불숲에다 세워 두고 아빠와 나는 나란히 서서 종아리를 스트레칭했다.

"종아리까지 닮았네."

아빠가 말했다. 나는 그 말을 듣고 마음이 뿌듯했다. 아빠처럼 되는 게 늘 소원이었으니까.

그러고 나서 아빠는 할아버지 이야기를 시작했다. 할아버지는 내가 태어나기 전에 죽었다. 그때까지만 해도 할아버지에 대해 아는 거라곤, 나처럼 체스를 좋아했다는 것뿐이었다. 아빠 작업실에는 할아버지의 흑백 사진이 있다. 사진 속 할아버지는 완고해 보였다. 물어보지 않아도 엄격한 아버지였음을 알 수 있었다.

아빠가 어렸을 때 할아버지는 술에 취하면 난폭해졌다고 했다. 할아버지는 죽을 때까지도 술을 마셨다. 그래서 파티에서도 술을 마시지 않는 거냐고 아빠에게 물었다. 아빠는 그렇다고 대답했다. 할아버지가 난폭해지면 무슨 짓을 했는지 묻기가 조심스러웠다. 이런 개인사는 아빠가 한 번도 얘기한 적이 없어서, 만약 내가 묻는다면 왠지 오랫동안 쳐 둔 마법의 주문을 깨뜨릴 것 같아 겁이 났다.

"할아버지가 돌아가시기 얼마 전에 미안하다며 용서를 구하셨단다. 나는 걱정하시지 말라고, 아주 오래전에 이미 용서했다고 말했지. 그런데 크리스토퍼, 그거 아니? 아빠가 거짓말을 했어. 아빠는 할아버지를 결코 용서하지 않았거든. 할아버지도 계속 알고 있었나 봐."

신기하게도, 그때 아빠가 팔에 앉은 파리를 털어 내던 모습까지 생각났다.

할아버지는 아빠에게 사후 세계를 믿는지도 물었다고 했다.

"잘 모르겠다고 말씀드렸어. 그러니까 할아버지가 그러시는 거야. '만약 사후 세계가 있으면 저쪽 세상에서 암시를 보내 주마.'라고."

나는 할아버지가 암시를 보낸 적이 있냐고 아빠에게 물었다.

"글쎄. 하지만 딱 한 번, 네가 태어난 지 얼마 안 되었을 때 꿈에 할아버지가 나왔어. 버스를 타고 나한테 손을 흔들어 주셨지. 그게 할아버지가 보낸 암시였을지도 모르겠구나."

아빠 목소리는 점점 갈라졌다.

자전거로 향하면서 나는 아빠 팔꿈치를 톡톡 쳤다.

"만약 아빠한테 무슨 일이 생기면, 저한테 암시를 보내 주실래요?"

죽는다라는 말은 하지 않았다. 아빠가 없는 세상은 상상도 하기 싫었으니까.

아빠는 내 팔을 주먹으로 살짝 쳤다.

"내가 버스에서 손을 흔들어 주는 건 어떠냐?"

그때 머리 위 어딘가에서 따다닥 하고 딱따구리 소리가 났다. 우리는 딱따구리를 찾으려고 전나무 위를 올려다보았다. 딱따구리의 빨간 머리가 보였다.

"저기 있어요! 보여요? 바로 저 위에, 왼쪽이요!"

"그래! 버스에서 손을 흔드는 거 말고 너한테 딱따구리를 보내면 어떻겠니? 내가 잘 있다고 알려 줄게. 평온을 찾았다고."

나도 주먹으로 아빠 팔을 툭 쳤다.

그날 아빠가 **평온을 찾았다**라고 한 말을 좀 더 주의 깊게 들을 걸 그랬다. 아빠가 행복하지 않다고 나한테 말하려던 건 아니었을까? 내가 아빠를 도와줄 수도 있었을 텐데.

커밀라의 목소리에 나는 회상에서 깨어났다.

"크리스토퍼 오빠, 달나라에 갔다 왔어? 레모네이드 얼마나 따라 줘?"

나는 컵을 들었다.

"가득 채워 줘, **에르마니타!**"

갑자기 목이 말랐다. 레모네이드는 달콤하면서도 쌉싸름했다.

아빠는 **죽었다.** 그렇다. 그리고 이 년 가까이, 나는 아직 꿈에서 아빠를 보지 못했다. 딱따구리 소리도 듣지 못했다.

9

애비

내 이럴 줄 알았다. 아이들이 온종일 실내에 틀어박혀 있으면 건강에 안 좋다는 사실을 유진 선생님이 모를 리 없지.

유진 선생님은 손목을 휙 돌려 스마트밴드를 우리에게 보여 주었다.

"저는 하루에 적어도 만 보 이상 걸으려고 합니다. 만 보는 대략 8킬로미터 정도 되는데, 질병 관리 본부의 권장 사항이지요."

나는 하마터면 유진 선생님이 길거리에서 지낼 때는 얼마나 걸었냐고 물을 뻔했다. 스마트밴드를 찬 노숙자가 있을 리 없지.

"종일 실내에서 지내는 건 건강에 좋지 않습니다. 특히 하늘에 구름 한 점 없는 오월에는 더더욱 그렇지요."

나는 창문 밖을 바라보았다. 선생님 말이 맞았다. 구름이 하나도 없었다. 나는 밖에 나가 노는 걸 좋아했다. 포근한 날이면 풀밭에 누워 나비가 날아다니는 모습을 보거나 하늘에 뜬 구름을 가만히 바라보았다. 추운 겨울에는 하늘에서 내려오는 눈송이를 혀로 받아먹기도 했다. 그러고 보니 자연에 관심을 가진 건 정말 오랜만이다. 그러니까……, 엄마가 죽은 뒤로 처음이었다.

풀밭은 언제 저렇게 초록색이 되었지? 민들레는 언제 저렇게 피었지? 어떻게 내가 이 모든 걸 다 놓치고 있었을까?

"자, 우리는 앞으로 이십 분 동안 침묵하면서 산책을 할 거예요."

유진 선생님이 말했다.

"어, 잠시만요! 선생님, 방금 **침묵**이라고 하셨어요? 그런 건 안 했었잖아요. 작년에도 안 했고, 재작년에도 안 했어요."

구스타보는 침묵보다 변화를 더 싫어하는 듯 보였다. 선생님이 구스타보의 어깨를 툭 쳤다.

"알잖니. 나는 뭔가 새로운 게 좋아."

구스타보가 침을 꿀꺽 삼켰다.

"아무 소리도 내지 말아요? 한마디도 하면 안 돼요?"

유진 선생님이 고개를 끄덕였다.

"친구여, 그게 다 내 계획이라네."

"마망은 매일 아침에 이십 분 동안 명상을 하는데, 그 시간에는 엄마하고 나는 조용히 있어야 해. 처음에는 나도 싫었어. 하지만 너도 익숙해질 거야."

나도 반갑지는 않았다. 지난 칠 주 동안, 우리 집은 너무 조용해서 으스스했다. 치유 모임이 즐겁지는 않지만 그래도 이 떠들썩한 분위기는 괜찮았는데.

우리 다섯은 유진 선생님을 따라 계단을 내려갔다. 선생님은 스마트밴드를 확인했다. 천 걸음 더 기록에 추가하는 듯 보였다.

"오늘 아침에 우리는 대화도 많이 나누고 서로를 알아 갔지요. 그래서 이번에는 우리 마음에 휴식을 주고 스스로 마음을 조율하는 시간을 보내려고 해요. 마침 앙투안이 명상이라고 말해서 놀랐어요. 어떤 사람들은 지금 우리가 하려는 활동을 걷기 명상이라고도 부르기도 하거든요. 제가 손을 들어서 시작을 알리겠습니다. 그리고 이십 분이 지나면 또 손을 들어서 끝났다고 알려 줄게요. 처음에는 말없이 있는 게 힘들 거예요."

선생님이 설명했다.

나는 구스타보가 폭발해 버릴까 봐 걱정이었다. 이십 분 동안 말하지 않은 적도, 말없이 걷기만 한 적도 없을 테니까.

"나가기 전에 화장실에 들러야 할 사람 있나요? 나만 다녀오면 될까요?"

우리는 바깥에서 유진 선생님을 기다렸다. 펠리시아와 나는 입구에 놓인 돌로 만든 벤치에 앉았다. 남자아이들은 모퉁이에 주차된 까만색 오픈카를 살펴보았다. 자동차와 비디오 게임 이야기를 하는 소리가 들렸다.

"쟤는 왜 널 싫어할까?"

눈으로 슬쩍 크리스토퍼를 가리키며 펠리시아에게 물었다.

"몰라."

펠리시아는 샌들 바닥으로 땅을 톡톡 찼다. 그 이야기는 하기 싫었는지, 펠리시아는 화제를 돌렸다.

"축구화가 망가질 텐데 걱정 안 해? 경기장에서만 신어야 하잖아. 너 예쁜 샌들을 신은 적이 **있기는 해?**"

펠리시아는 한쪽 발을 들어 쭉 펴더니 나한테 자기 신발을 보여 주었다.

"난 그런 신발 안 신어. 그리고 망가지면 아빠가 또 사 주겠지."

"돈 낭비 아냐?"

"그럴지도."

"그래서, 지금까지 치유 모임에 있어 보니까 어때?"

펠리시아가 대화 주제를 또 바꾸었다.

"솔직히 필요한 도움은 골드파브 선생님이 다 주셨어. 선생님이 나보고 자기 삶을 계속 살라고 했거든. **뒤를 보지 말고 앞을 보렴.**"

나는 골드파브 선생님 목소리를 아주 똑같이 흉내 냈다.

"여기 와서 마음에 드는 건 있어?"

펠리시아가 물었다.

"음, 너랑 다른 아이들 만난 건 좋아. 오늘 아침까지만 해도 부모님 중 하나, 혹은…… 둘이 죽은 아이들을 만날 거라고는 생각지도 못했거든."

펠리시아는 다시 발을 쭉 뻗었다. 발톱에도 까만 매니큐어가 칠해져 있었다.

"내 마음에 든 게 뭔지 알아? 이야기들이야! 이걸 다 어떻게……"

펠리시아는 말을 하다 말았다. 주의력 결핍증인가 싶었다. 펠리시아는 앉을 자리를 찾아서 쉴 새 없이 이 나뭇가지에서 저 나뭇가지로 날아다니는 새처럼 이 얘기 저 얘기로 왔다 갔다 했다.

"유진 선생님이 노숙자였다는 게 너는 믿어져? 구스타보네 아빠가 담배를 한 번도 안 피웠는데 폐암에 걸렸다는 이야기는 어떻고? 앙투안의 엄마들이 죽은 아기를 요람에서 발견했다는 이야기도 그래. 엄마가 둘인 점도 **너무** 이상하지 않니? 정말 말도 안 돼."

"인생은 원래 말이 안 돼. 우리 엄마는 심장이 약해지는 바이러스에 감염됐어. 제때 심장 이식 수술을 받지 못했고. 너희 부모님 두 분이 돌아가신 것도 말이 안 돼."

펠리시아는 한숨을 쉬었다. 그 말은 하지 말 걸 그랬다. 하지만 펠리시아는 다른 이유로 한숨을 쉬었다.

"있잖아, 크리스토퍼네 아빠한테 무슨 일이 있었는지 우리가 **알**

수는 없을까? 궁금해 **죽겠어. 어머!"**

펠리시아는 자기 입을 막았다.

나는 신경 쓰지 말라는 듯 손을 휘저었다.

"크리스토퍼네 아빠는 일하다 돌아가신 것 같아. 분명 영웅다운 일을 하셨을 거야."

"그러니까 네 말은, 기차에 치일 뻔한 사람을 철로에서 끌어냈다거나 누가 칼에 찔릴 뻔했는데 막아 주다 대신 칼에 찔렸다거나?"

"너 진짜 영화같이 잘 지어낸다."

내 말에 펠리시아가 씩 웃었다.

"그냥 좀, 상상력이 아주 풍부한 편이라고만 해 두자. 우리 미디어 연구 수업 선생님이 영화감독은, 특히 다큐멘터리 영화감독은 상상력이 필요하댔어."

"야, 우리 지금 크리스토퍼네 아빠에 관해서 이야기하고 있었잖아."

"아, 맞아. 가끔 나 너무 나갈 때가 있어."

"그런 것 같더라. 그래도 너랑 이야기하는 건 좋아."

나는 펠리시아에게 다그친다는 느낌을 주지 않았으면 했다.

"나도 그래. 어쨌든, 나는 크리스토퍼네 아빠가 영웅 같은 일을 하다 돌아가셨을 것 같지는 않아."

펠리시아는 나에게 비밀을 이야기하듯 목소리를 낮추었다.

"왜 그렇게 생각해?"

"그랬다면 크리스토퍼가 우리한테 얘기를 했겠지! 자기 아버지가 영웅이라면 왜 이야기를 안 하겠어?"

"흠. 듣고 보니 그렇네."

학교 현관문이 활짝 열리고 유진 선생님이 나왔다. 선생님은 아까 말한 대로 손을 들어 활동이 시작되었다고 알렸다. 펠리시아와 나는 고개를 끄덕이고는 벤치에서 일어났다. 남자아이들은 아직도 자동차를 보며 감탄하고 있었다. 그 차에 무슨 지능형 주차 보조 시스템이 있는 것 같다고 크리스토퍼가 말하는 소리가 들렸다. 구스타보는 자기 엄마도 저런 차를 타야 한다고 말했다.

"크리스……."

나는 크리스토퍼를 부르려다가 방금 침묵을 깼다는 걸 깨달았다. 삼 초도 못 지킨 셈이다. 어떻게 나머지 십구 분하고도 오십칠 초를 버티지?

남자아이들이 우리 뒤로 보조를 맞추어 걸었다.

나는 펠리시아랑 나누고 싶은 이야깃거리를 생각했다. 부모님 두 분 모두 돌아가시고 나서 펠리시아도 하늘 보기를 그만두었을까? 펠리시아도 축구를 해 봤을까? 어느 동네에 살까? 우리가 가까이 살면 같이 어울려서 산책도 하고 그럴 텐데. 시끌벅적한 산책이 되겠지.

학교 건물을 빙 돌고 나자 유진 선생님은 우리를 건물 옆길로 안내했다. 혹시라도 우리가 빠져나갈까 봐 걱정이었는지 선생님은 한두 번씩 뒤를 돌아보았다. 너무 가파른 오르막길이었다. 돌아서 내려갈 수도 있을 텐데, 선생님은 틀림없이 우리한테 에어로빅 수업이 필요하다고 생각한 모양이었다.

말을 하지 않으니 기분이 이상했다. 어떤 아주머니가 양철 물뿌리개를 들고 집에서 나와 "안녕하세요?" 하고 소리쳤다. 유진 선생님이 손을 흔들었지만, 우리는 아무 말도 하지 않았다. 아주머니는 이상하다는 눈으로 우리를 보았다. 말을 못 하는 아이들이라고 생각했을지도 모르겠다.

펠리시아가 나를 보며 윙크했다. 윙크를 잘하지는 못하지만, 그래도 답해 주려고 애썼다. 펠리시아한테 배워야겠다.

"조심……."

구스타보가 내 뒤에서 내뱉는 말소리가 들렸다. 펠리시아랑 내가 돌아보니 크리스토퍼의 신발 끈이 풀려 있었다. 앙투안이 크리스토퍼가 넘어지지 않게 팔을 잡아 주었다.

크리스토퍼가 신발 끈을 묶었다. 선생님은 둘을 흐뭇하게 바라보며 고개를 끄덕였다. 구스타보는 입을 열어 무슨 말을 하려 했지만, 유진 선생님이 손가락을 입에 갖다 대며 지퍼를 잠그는 시늉을 했다.

침묵하는 시간이 얼마나 남았을까? 나는 내 숨소리와 자세에 집중했다. 축구 코치 선생님은 축구 선수한테는 바른 자세가 아주 중요하댔다. 한참을 그러고 난 뒤에는 길바닥에 갈라진 틈을 세고, 매니큐어를 발라서 까맣고 윤이 나는 펠리시아의 발톱을 빤히 바라보았다. 나는 발톱에 매니큐어를 칠해 본 적이 없다. 손톱에는 한두 번 칠해 봤지만, 딱히 뭐가 좋은지도 모르겠다.

통통한 개미를 밟지 않으려고 나는 오른쪽으로 살짝 비켜 걸었다. 개미는 제 몸집보다도 훨씬 큰 빵 부스러기를 지고 있었다.

학교로 터벅터벅 걸어가는 동안에는 발걸음 소리가 편안하게 들렸다. 베이컨 굽는 냄새. 누가 늦은 아침 식사를 준비하는 모양이었다. 언제부터인지 침묵 속에서 걷기가 점점 수월해졌다.

우리 앞으로 스케이트보드를 탄 여자아이가 와서 멈추었다.

"제시 타워스! 여긴 어쩐 일이야? 나, 네 인스타그램 팔로우하잖아. 네 사진하고 글 장난 아니더라. 진짜 웃겨!"

펠리시아는 어깨를 으쓱하더니 손바닥을 위로 벌리고 고개를 저으며 그 여자아이에게 다른 사람으로 착각한 것 같다는 몸짓을 했다.

여자아이는 스케이트보드에 올라탔다.

"이상하네!"

여자아이는 셔브룩 거리를 따라 휙 가 버렸다.

10

크리스토퍼

"제시 타워스가 누구야?"

나는 펠리시아에게 물었다. 침묵 산책이 끝나서 드디어 물어볼 수 있었다.

다른 아이들과는 달리, 나는 이십 분 동안 말을 하지 않고 조용히 있는 것이 어렵지 않았다. 체스 선수들은 꽤 오랫동안 침묵을 지킨다. 가만히 체스판을 바라보며 다음 수를 둘 계획을 짜고 상대방의 전략을 알아내려 한다. 나는 조용한 게 좋다. 구스타보처럼 쓸데없이 말을 많이 하는 사람은 좋아하지 않는다. 잡담이나 소문도 싫다.

펠리시아의 다음 수는 뭘까?

펠리시아는 어이없다는 표정으로 말했다.

"내가 어떻게 알아?"

그러고 나서는 내 눈을 빤히 바라보았다. 나라면 거짓말을 할 때 저렇게 남의 눈을 똑바로 바라보지 못할 텐데. 펠리시아는 이렇게 덧붙였다.

"제시 타워스라는 애가 나랑 똑같이 생겼나 보지. 복 받은 애네."

펠리시아는 머리를 뒤로 넘기고는 키득거렸다.

머리를 염색하고 눈 화장을 진하게 한 열세 살짜리 여자아이는 그리 흔하지 않다고 말하려는데 유진 선생님이 끼어들었다.

"사람들은 나를 볼 때마다 조지 클루니 아니냐고 묻더군요."

"선생님, 그것도 농담이라고 하신 거예요?"

애비가 물었다.

"정말 유머 감각이 뛰어나시네요!"

구스타보도 끼어들었다.

선생님은 올려 빗은 머리를 정돈하며 말했다.

"농담 아닙니다. 다들 내 머리카락이 조지 클루니 같다고 했어요. 아주 약간."

선생님은 식수대에서 멈추어 서더니 아주 오랫동안 물을 벌컥벌컥 마셨다.

"조지 클루니는 그렇게 벌컥대지 않아요."

애비가 소리쳤다.

밖이나 학교 건물 안이나 그리 덥지 않았는데, 선생님은 계속 땀을 흘렸다. 손수건으로 얼굴을 닦아 내도 곧바로 땀이 송골송골 맺혔다.

"그래서, 조지 클루니 선생님, 괜찮아요? 혹시 속이 메스껍거나 가슴이 아프진 않아요?"

나는 유진 선생님에게 물었다. 선생님은 한 손으로 가슴을 탁탁 쳤다.

"괜찮아. 물어봐 줘서 고맙다, 크리스토퍼. 구급대원이 다 된 것 같구나."

이보다 더 큰 칭찬은 없다. 다른 아이들한테는 말하지 않았지만, 아빠는 퀘벡주의 특별 구급대원이었다. 보통의 구급대원들은 쓸 수 없는 의료 장비를 사용하거나 특별한 약을 환자에게 투여할 수 있었다. 그건 아빠가 정말 심각한 상황에 불려 간다는 뜻이기도 했다.

언젠가는 나도 특별 구급대에 들어가야지. 생각이 꼬리를 물다 보니 새로운 생각이 스쳤다. 아빠가 특별 구급대원이 아니었다면, 최악의 사건들을 겪지 않았다면, 아빠는 외상 후 스트레스 장애로 힘들어 하지 않았을 텐데. 여전히 살아 있을지도 모른다.

시간을 되돌릴 방법이 있다면, 내가 아빠를 도울 수 있다면 좋을 텐데. 내가 아빠의 아들이니까 누구보다도 아빠를 잘 알아야 하지 않았을까?

우리는 모두 목이 말랐다. 나는 식수대에 꼴찌로 줄을 섰다. 아빠와 특별 구급대를 떠올리고 그렇게 되고 싶다고 생각하니까, 남들과 다르게 굴었다.

교실로 돌아가면, 유진 선생님이 침묵 산책이 어땠는지 이야기를 나누어 보자고 하겠지. 하지만 유진 선생님은 기다리지 못하고 아직 식수대 앞에 줄을 선 우리에게 물었다.

"자, 여러분, 침묵 산책은 어땠나요?"

구스타보는 솟아오르는 물기둥 가까이 몸을 숙여 물을 마시면서도 말을 했다.

"너무 힘들었어요. 선생님 말씀처럼요. 그런데……."

다음 말은 들리지 않았다. 구스타보는 식수대에서 한 걸음 물러났다. 입에 물을 잔뜩 머금어서, 뺨이 다람쥐 같았다.

애비가 대신 말을 이었다.

"그렇게 엉망은 아니었어요. 평소에 못 보던 모습이 보였거든요. 밟을 뻔한 이 개미처럼요."

구스타보는 입가의 물기를 닦아 내고 맞장구쳤다.

"나도 그 개미 봤어! 빵 부스러기 들고 가던 개미, 맞지? 너 그거 알아? 개미는 제 몸의 오십 배나 되는 무게를 질 수 있대."

나는 구스타보를 쿡 찔렀다.

"나는 네가 조용하니까 더 좋던데."

"미안."

구스타보가 작게 웅얼대는 바람에 나는 장난이라고 설명해야 했다.

"앙투안, 너희 집은 평소에 조용해서 별로 힘들지는 않았겠구나."

선생님이 말했다.

"네, 괜찮았어요. 하지만 구형 메르세데스 벤츠 앞을 지나갈 때는 조금 힘들었어요. 다른 애들도 봤는지 궁금했거든요."

"아까 모퉁이에 서 있던 은색 자동차 말이지?"

내가 물었다.

유진 선생님은 침묵 산책에 대해 펠리시아와 내가 어떻게 생각하는지 궁금해했다.

"저는 조용히 있는 걸 잘해요."

"그건 우리도 다 알아."

내 말에 펠리시아가 말했다.

나는 대꾸도 안 했다. 펠리시아는 우리 아빠가 어떻게 죽었는지 내가 털어놓게 하려고 애썼다. 하지만 나는 아직 말할 준비가 안 되었다. 그럴 준비마저도 할 수 있을까 모르겠다.

"저는 별로였어요. 계속 애비랑 얘기하고 싶었거든요."

펠리시아는 애비의 손을 꼭 잡았다.

둘은 금방 친해졌다. 둘이 꼭 잡은 손을 보니 내가 여자아이가 아니어서 다행이라는 생각이 들었다.

치유 모임에서 펠리시아를 의심하는 사람은 나뿐일까?

그렇다면 체스 경기를 할 때처럼 전략을 짜야 한다.

나는 한번 이렇게 불러 보았다.

"야, 제시!"

펠리시아가 돌아본다면 분명 무언가 숨기고 있는 거다.

펠리시아는 돌아보지 않았다.

하지만 목덜미 근육이 씰룩거렸다.

체크! 아직 체크메이트는 아니지만, 분명 뭔가 있다.

11

애비

유진 선생님은 사랑하는 사람이 죽고 나면 꼼짝 못 하는 느낌이 든다고 말했다. 무슨 말인가 싶었는데 선생님이 설명하자 그 말이 이해되었다.

할 수 있었는데, 할 걸 그랬어, 그랬을 텐데, 만약 그랬다면 어땠을까. 나도 이런 생각에 사로잡혀 있는 것 같다.

내가 그런 생각에서 빠져나올 수 있을지 모르겠다.

침묵 산책이 끝나고 나서 우리는 다시 이 층으로 올라갔다. 삼십 분 있으면 점심시간인데, 선생님은 뭘 더 설명하기 딱 좋은 시간이라고 생각한 듯했다. 선생님은 화이트보드에다 아까 설명한 말들을 썼다. 문득 엄마가 아프기 전에 있었던 일이 생각났다. 엄마는 벼룩시장에서 고풍스러운 물건을 사 모으는 일을 좋아했다. 한번은 엄마가 낡은 메이플 시럽 단지로 만든 램프를 사고서 무척 기뻐했다. 150달러를 주고 샀다고 엄마가 말하자, 아빠는 좀 더 값을 깎지 **그랬냐**고 말했다. 그때 엄마는 아빠에게, 자기는 물건값을 두고 실랑이할 정도로 **강심장**이 아니라고 대답했다. 엄마는 이렇게도 말했다.

"내가 몇 달러 더 주었으면 어때? 장사꾼도 먹고살아야지, 안 그래? 그랬어야 했다는 말은 나한테 안 맞아."

할 수 있었는데, 할 걸 그랬어, 그랬을 텐데, 만약 그랬다면 어땠을까.

유진 선생님은 이 말을 밑에다가 밑줄을 두 번 그었다.

내가 아빠를 닮기는 했나 보다. 이런 말들을 늘 달고 살았으니까. 내 이름을 '레프브레가 **아닐 수도 있었던 애비**'라고 **지었어야 했다.**

엄마가 바이러스와 **싸울 수 있었다면.**

엄마의 면역력이 **더 강했더라면.**

엄마가 더 일찍 심장 이식 수술 명단에 **오를 수 있었다면.**

엄마는 침대에 더 많이 **누워 있을 걸 그랬어.** 버턴 박사님이 충고했지만 엄마는 종일 침대에 누워 있는 걸 싫어했다. 아침에 등교하는 나를 배웅하고, 3시 45분에 내가 집에 돌아올 때면 다시 침대에서 나와 나랑 같이 소파에 앉았다. 그리고 내가 학교에서 어떻게 생활했는지 들었다. 우리 집은 계단이 너무 많다. 엄마가 침대에 **누워만 있었다면**, 그 많은 계단을 오르내리지 않아 더 **버틸 수**

있었을 텐데. 그리고 심장 이식을 받을 때까지 더 오래 **살았을 텐데.**

만약 우리가 계단이 적은 집에 **살았다면** 어땠을까?

이런 후회와 미련이 가득한 말들은 끝도 없다. 토끼가 번식하듯 두 마리로 시작하면 이천 마리가 되어 버린다.

이런 말에 사로잡힌 사람은 나뿐만이 아니었다.

앙투안이 먼저 시작했다.

"그날 밤, 빈센트가 죽기 전에 제가 **살펴봤어야 했어요.** 빈센트가 숨을 쉬지 않는 걸 미리 알았다면 구급대원들이 빈센트를 **살렸을 거예요.**"

"**만약** 파피가 어릴 때 캐나다에 왔으면 **어땠을까요?** 파피는 칠레 북부 지방에서 자랐는데 거기는 구리 광산이 많아요. 구리 광산 먼지 때문에 파피가 폐암에 걸렸는지는 확실하지 않지만, 가능한 얘기잖아요. 하지만 아빠가 어렸을 때 칠레를 떠났다면 마미를 못 만났겠지요. 나도 태어나지 못했을 거예요. 커밀라도요."

구스타보의 목소리는 시작할 때도 서글펐지만 커밀라가 태어나지 못했을 거라는 상상을 할 때는 더욱 침울해졌다.

"다들 **그랬을 텐데**와 **만약 그랬다면**의 좋은 예였어요. 소중한 사람이 죽은 뒤에 우리는 보통 나약함과 무기력함을 느낍니다."

나약함과 **무기력함.** 선생님은 두 단어를 화이트보드에다 썼다.

"우리는 죽음이 언제든 들이닥칠 거라는 불안을 안고 삽니다. **할 수 있었는데, 할 걸 그랬어, 그랬을 텐데, 만약 그랬다면 어땠을까.**

이런 후회와 미련의 말들은 우리에게 힘이 있다는 느낌을 주기도 합니다."

"힘이라고요? 전 아닌 것 같아요. 전 아빠를 **도왔어야 했다**고 늘 생각해요. 그럴 때면 힘이 나는 게 아니라 오히려 힘이 **빠지는** 기분이에요."

크리스토퍼가 어깨를 으쓱하며 말했다.

나는 펠리시아와 눈이 마주쳤다. 우리 둘은 크리스토퍼가 스스로 입을 열 때마다 놀라고 있다.

펠리시아는 나에게 윙크를 보냈다.

"크리스토퍼, 왜 혼란스러운지 알겠어요. 다시 짚어 볼게요. '**내가 그때 아빠를 도왔어야 했어!**'라는 말은 사실 '**내가 결과를 바꿀 수 있었어.**'라는 뜻이기도 해요."

유진 선생님은 단어 하나하나를 세심하게 골랐다. 뭔지 모르겠지만, 크리스토퍼가 우리에게 말하기 싫어하는 내용을 선생님은 알고 있는 듯했다.

"내가 아빠를 도울 수 **있어야** 했어요."

크리스토퍼는 잠시 멈추고 말을 바꾸었다.

"내가 결과를 **바꿀 수 있었어요.**"

선생님의 목소리는 차분하면서도 슬펐다.

"이미 일어난 일을 바꿀 수는 없습니다. 크리스토퍼, 무슨 일이 일어날지 미리 알았다면, 다른 선택을 할 수도 있었겠지. 하지만 그때 너는 할 수 있는 가장 최선의 결정을 했을 거야. 우리가 자책하는 이유는 이미 결과를 알고 있기 때문입니다."

앙투안이 고개를 끄덕였다. 아직도 빈센트를 생각하는 듯했다.

펠리시아의 눈이 유진 선생님에게서 크리스토퍼로 향했다. 크리스토퍼가 무슨 말을 더 하기를 바라는 눈빛이었다. 나도 궁금했지만, 한편으로는 크리스토퍼를 보호해 주어야겠다는 야릇한 생각도 들었다. 아무도 이야기를 하라고 강요할 수는 없다. 펠리시아는 멋있고 재미있지만, 오랫동안 알고 지낸 사이는 아니다. 자기 방식대로만 고집부리는 면도 있고, 가끔 해서는 안 될 말을 우리한테 하기도 했다. 내 축구복이나 축구화에 대한 말처럼. 그래서 나는 크리스토퍼한테 질문이 쏟아지기 전에 끼어들어서 내 이야기를 시작했다.

분명히 말하는데, **나** 좋자고 한 건 아니다. 크리스토퍼를 돕고 싶어서 그런 거다.

나는 바이러스며 심장 이식 대기자 명단이며 우리 집에 계단이 많아서 엄마가 침대에 더 **누워 있어야 했다**는 이야기를 늘어놓았다.

"**할 수 있었는데, 할 걸 그랬어, 그랬을 텐데, 만약 그랬다면 어땠을까**가 자꾸만 머릿속에 맴돌아서 밤에 잠이 안 와요. 어떻게 생각을 꺼야 할지 모르겠어요."

"애비, 네가 이렇게 말을 하기 시작하면서 한 발 나아간 거야."

선생님의 말에 나는 고개를 저었다. 나의 **했더라면**들을 다른 사람에게 이야기하고 나니 기분이 더 나빠졌다. 나는 이 치유 모임에 **오지 말았어야 했다.**

펠리시아가 훌쩍이더니 코 밑을 훔쳤다.

"저는 그 주말에 우리가 산장에 **가지 않았다면 어땠을까** 궁금해요. 그날 너무 추워서 호수가 완전히 **얼었다면 어땠을까** 하는 생각도 해요."

펠리시아가 눈물을 참는 모습을 보고, 나는 그 아이의 등을 토닥였다. 그걸 다 견뎌 내다니, 참 씩씩해!

"이런 상상을 하는 일이 여러분에게는 매우 힘들겠지만, **할 수 있었는데, 할 걸 그랬어, 그랬을 텐데, 만약 그랬다면 어땠을까**는 언젠가 끝이 납니다. 언제 끝날지는 모르지만요. 결국에는 **만약에 그랬다면**이라는 생각에서 **그랬다**로 바뀌게 될 것입니다. 인생에는 우리 뜻대로 할 수 있는 일이 그리 많지 않아요. 그리고 과거를 바꿀 수는 없습니다."

"죄책감은요?"

질문할 생각이 없었는데 내 입에서 그 말이 툭 튀어 나왔다.

앙투안이 한숨을 쉬었다. 크리스토퍼는 목과 어깨를 쭉 폈다. 펠리시아는 아무런 반응도 보이지 않았다.

"죄책감은 우리가 애도하는 과정에서 종종 나오는 또 다른 감정입니다. 애비, 죄책감에 관해서 우리에게 하고 싶은 얘기가 있니?"

"저요? 아뇨, 그냥 궁금해서요."

내 뒤통수에서 누가 작게 얘기하는 소리가 들렸다. 나는 그 소리를 무시하려고 말을 계속했다.

"부모나 형제를 구하지 못했다는 죄책감을 느끼기도 하잖아요."

나는 누구와도 눈을 마주치지 않으려고 했다.

유진 선생님은 천천히 고개를 끄덕였다. 선생님한테 내 마음을 들킨 기분이었다.

"내가 여러분에게 죄책감을 느끼지 말라고 해도 소용이 없겠지요. 하지만 여러분 스스로 죄책감을 느끼도록 몰아세우지는 마세요. 좀 전에 말했듯이, 그때 내린 결정은 우리가 할 수 있는 최선의 선택이었습니다. 혹시라도 죄책감을 느낀다면, 이 말을 계속 떠올리는 편이 도움이 될 겁니다."

작은 목소리는 사라지지 않았다.

"네가 바이러스를 옮겼잖아. 너 때문에 엄마가 바이러스에 감염되어서 죽었잖아."

12

크리스토퍼

나는 침묵 산책을 더 해야 할 것 같다.

치유 모임이 이렇게 힘든 거라고 누가 미리 알려 줬으면 좋았을 텐데.

지난 일을 후회하고 자책하는 말들은 내 마음을 헤집어 놓았다. 밤마다 침대에 누워 이런 생각에 잠을 못 이루는 사람은 애비 혼자만이 아니었다. 나도 그랬다. 애비가 죄책감이라는 말을 안 했으면 좋았을 텐데. 유진 선생님 말이 옳다. 우리는 **만약 그랬다면**에서 **그랬다**로 바꾸어야 한다. 어떻게 하면 되는지, 선생님이 우리에게 그 방법을 알려 주면 좋겠다. 나는 가끔 물가에 덩그러니 서 있는 기분이 든다. 반대쪽에 뭍이 보이는데 어떻게 가야 할지 모르겠다. 건널 다리도 없고, 헤엄쳐 가기에는 너무 멀다.

그런 일은 거의 없지만, 체스 게임에서 졌을 때는 **할 수 있었는데, 할 걸 그랬어, 그랬을 텐데, 만약 그랬다면 어땠을까.** 하고 종종 생각한다. 반대쪽으로 킹을 **움직일 수 있었는데.** 상대 선수가 퀸으로 내 나이트를 잡으려는 걸 **눈치챘어야 했어.** 체스에는 규칙이 있다. 룩은 앞뒤 좌우로만 움직일 수 있다. 비숍은 다른 기물을 넘어갈 수 없다.

하지만 삶에는 규칙이 없다.

사람들은 우리 뜻대로 움직이지 않는다.

나는 그때 아빠 옆에 없었다. 아빠는 도움이 필요했다. 내가 알았어야 했다.

죄책감은 절대로 사라질 것 같지 않다.

아빠는 내가 이렇게 될 줄 **알았어야 했다.** 아빠는 **나한테 그러지 말았어야 했다.** 아빠는 **그런 짓을 절대로 하지 말았어야 했다.** 세상에 어떤 아빠가 자기 아들과 부인에게 그런 짓을 한단 말인가. 나도 모르게 주먹을 불끈 쥐었다. 손에 힘을 빼려고 했지만, 다시 주먹이 쥐어졌다. **후회와 자책감**에 사로잡히는 동시에 화가 나는 게 정상일까? 유진 선생님은 여러 감정이 동시에 일어난다고도 말했다. 너무 혼란스럽다. 머리가 아프고 피곤하다. 하품하고 나서 한 번 더 길게 하품했다. 구스타보도 따라 했다. 하품 덕분에 말을 안 해서 구스타보는 조용했다.

다행히도 점심시간이 되었다. 배도 고프고 무엇보다 감정 이야기는 그만하고 싶었다. 나는 보통 속마음을 드러내지 않는 편이다.

우리는 학교 뒤편에 있는 나비 정원에서 점심을 먹었다. 정원에는 야외 식탁과 벤치가 여럿 있었다. 선생님이 모둠끼리 같이 있지 않아도 된다고 해서 다행이었다. 펠리시아가 여전히 거슬렸다. 선생님이 점심시간이라고 알리자 펠리시아는 자기 휴대 전화를 되돌려 받을 수 있는지부터 물었다. 선생님은 휴대 전화를 돌려주며 교실에 돌아가면 다시 내라고 말했다.

나는 펠리시아가 휴대 전화를 만지작거리는 모습을 관찰했다. 무슨 꿍꿍이가 있다는 생각을 떨칠 수가 없었다.

정원에는 기다란 뷔페 테이블이 놓여 있었다. 빳빳하게 풀을 먹인 식탁보 양쪽 끝에는 튤립 화분이 놓여 있었다. 테이블 위로 샐러드와 치즈, 얇게 썬 고기와 베이글이 잔뜩 차려져 있었다. 디저트로는 브라우니와 쿠키, 과일 꼬치가 있었다.

하얀 앞치마를 두른 여자가 사람들에게 접시, 나이프와 포크, 냅킨 등을 나누어 주고 있었다.

"봉 아페티트!"

여자가 나에게 접시를 주며 맛있게 먹으라고 말했다. 이름표에는 '그레천'이라는 이름 밑에 작은 글씨로 **몬트리올 상조 자원봉사자**라고 쓰여 있었다. **상조**라는 말에 나는 어깨에 힘이 들어갔다.

맛있게 먹으라는 말밖에 안 했지만, 그레천 씨가 나를, 아니 치유 모임에 온 아이들 모두를 불쌍하게 쳐다보는 걸 알 수 있었다. 무척 거슬렸다. 낯선 사람이 나를 동정하는 눈빛이 싫다.

애비도 그레천 씨의 이름표를 보고는 말했다.

"몬트리올 상조 회사? 소비자들한테 홍보하러 온 거예요?"

대단하다. 나는 웃다가 그만 조금 전 접시에 담은 샐러드를 쏟고 말았다.

그레천 씨가 흘린 음식물을 냅킨으로 닦았다.

"홍보가 아니고, 그냥 도움이 되고 싶어서 왔어."

"그거 제가 갖다 버릴까요?"

그레천 씨가 테이블 위에 냅킨 뭉치를 올려놓자 앙투안이 말했다.

"아, 그래. 고마워."

구스타보는 양배추 샐러드에 마요네즈가 들어갔는지 궁금해했다.

"더운 날씨에는 마요네즈가 금방 상하거든요. 식중독을 일으킬지도 몰라요."

"냉장고에서 방금 꺼내 왔어."

그레천 씨는 구스타보를 안심시키면서도 찜찜한 모양이었다.

"설마 여기 온 아이들을 죽이시려는 건 아니죠? 뭐, 단체로 식중독이 걸려야 회사가 돈을 벌겠지만요."

애비가 말하자 이번에는 그레천 씨도 웃었다.

펠리시아는 자기 접시에 양배추 샐러드를 잔뜩 담았다.

"양배추 샐러드가 참 맛있어 보이네요. 저 뭐 좀 물어봐도 돼요? 치유 모임에 자원봉사 하러 오신 특별한 이유라도 있나요?"

그레천 씨가 몸을 숙여 펠리시아에게 대답하려 하자, 나는 재빨리 테이블에서 벗어났다. 슬픈 이야기는 그만 듣고 싶었다.

부모님들과 어린 친구들이 나비 정원으로 몰려왔다. 엄마가 애비 아빠와 앙투안네 마망에게 말하는 모습이 보였다. 그 뒤로 구스타보의 엄마와 커밀라가 보였다. 커밀라는 구스타보를 보자 자기 엄마 손을 놓고 우리 쪽으로 달려왔다.

커밀라는 구스타보 다리에 착 달라붙었다. 구스타보는 움직이기 힘들어도 개의치 않는 눈치였다.

"우리 오빠랑 친구야? 아님 오빠가 수다쟁이라고 생각해?"

커밀라가 나한테 물었다.

"너희 오빠는 수다쟁이 맞아. 하지만 우리는 친구야. 가장 친한 친구는 아직 아니지만."

커밀라는 좋은 소식을 들은 듯 고개를 끄덕이더니 앙투안에게 물었다.

"오빠는? 오빠는 아주 친한 친구야?"

"아마 그럴 거야. 둘 다 게임이랑 자동차를 좋아하거든."

앙투안이 말했다.

엄마가 내 어깨를 톡톡 두드리고 나서 작게 속삭였다.

"어땠니?"

"좀 힘들어. 엄마는? 어른들 모임은 괜찮아?"

엄마가 다른 사람들에게 아빠가 어떻게 죽었는지 말했을까 궁금했다. 하지만 사람들이 몰려들어서 물어볼 수 없었다.

"괜찮아, 할 만해. 오길 잘한 것 같아. 지지받는 느낌이 들어."

엄마 말투를 보니 다른 사람한테 이야기한 것 같다. 부모님들이 집에 돌아가서 아이들한테 말하면 어떡하지?

내일은 집에 있겠다고 말할까.

"엄마랑 같이 있어 주지 않아도 괜찮아. 가서 친구들이랑 시간 보내렴."

"내가 없어도 괜찮겠어? 필요하면 옆에 있을게."

엄마가 애비 아빠와 앙투안 마망과 눈빛을 주고받는 게 보였다.

"그렇게 늘 엄마 걱정하지 않아도 돼, 크리스토퍼."

엄마가 이렇게 말하자 어른들끼리 내 얘기를 하고 있었다는 확신이 들었다.

커밀라는 엄마가 있는 어른들 테이블에 앉을지, 아니면 나랑 구스타보랑 같이 앉을지 갈팡질팡했다. 정원에 날아다니는 나비처럼 이리저리 돌아다니다 결국에는 자기 엄마 옆에 앉았다.

앙투안이 전화를 하러 마망과 함께 자리에서 일어났다.

"엄마가 어떤지 확인하려고."

구스타보는 일어나서 나비 정원을 빠져나가 화장실에 가는 듯 보였다. 당분간 조용히 있을 수 있겠구나 싶어 반가웠다. 나비 정원에는 식물이 많았지만, 꽃은 튤립과 수선화만 피어 있었다. 하얀 나비 두 마리가 울타리 너머로 날아갔다.

"**돈데 에스타 미 에르마노?**"

커밀라가 내 바지를 잡아당겼다. 내려다보니 까만 눈동자에 눈물이 그렁그렁 맺혀 있었다.

"우리 오빠 어딨어?"

커밀라가 다시 영어로 물었다. 손을 바르르 떨고 있었다.

라켈 아주머니가 우리에게 달려왔다.

"무슨 일이니? **미 아모르?**"

유진 선생님도 뛰어왔다.

"오, 오빠가 어, 없어졌어."

커밀라가 숨을 가쁘게 쉬며 말했다.

나는 커밀라를 안심시켰다.

"걱정하지 마. 오빠는 화장실 갔어."

"내가 좀 전까지 화장실에 있었는데 구스타보는 못 봤어. 다른 칸에 있었나?"

유진 선생님이 말하자 커밀라는 울음을 터뜨렸다. 울음소리가 마치 조금 전에 들었던 사이렌 소리 같았다. 라켈 아주머니가 안아 줘도 커밀라는 그치지 않았다. 발로 차며 구스타보 이름만 불렀다.

보통 아이들 같은 행동이 아니었다.

문득 깨달았다.

커밀라는 보통 아이가 아니다.

보통 아이들은 세 살 때 아빠가 죽지 않는다.

나는 구스타보가 하듯 커밀라의 머리를 쓰다듬었다.

아빠가 죽은 뒤로, 나는 내가 누구보다도 불행하다고 생각했다.

하지만 나 같은, 아니, 나보다 더 심한 아이들도 있었다.

13

애비

누가 그렇게 울고불고 난리 치는 모습은 처음 봤다. 커밀라는 미친 듯이 구스타보를 찾으며 고함치고 발길질했다. 아무도 말릴 수 없었다. 커밀라네 엄마도 유진 선생님도 소용없었다. 커밀라는 오직 구스타보만 찾았다.

펠리시아는 그게 공황 발작이랬지만, 잘 모르겠다. 같은 반 남자아이가 공황 발작을 일으킨 적이 있는데 그 아이는 숨이 턱 막힌 듯 말을 한마디도 못 했다. 커밀라는 빽빽 소리를 질러 댔다.

구스타보는 겨우 오 분 만에 돌아왔다. 양배추 샐러드를 냉장고에 넣으러 간 거였다. 걱정도 팔자다. 이번에는 살모넬라균이 걱정이었나 보다.

구스타보가 나비 정원으로 들어오는 모습을 보자, 커밀라는 마치 죽은 사람이 돌아온 듯 꺅 소리를 질렀다. **죽은 사람이 돌아오다.** 이 말이 떠오르자 나는 커밀라가 무얼 겁내는지 알았다. 구스타보가 죽을까 봐 걱정이었던 거다. 그게 아니면 왜 그렇게 기겁했겠어?

내가 보다 못해 구스타보를 찾아 보려고 했을 때도, 펠리시아는 별로 신경 쓰지 않았다.

"곧 오겠지. 그리고 쟤도 저러다 말 거야. 내 고막이 찢어지지 않을까 몰라."

음식을 가지러 다시 뷔페 테이블로 가자 펠리시아가 말했다.

"평생 한 가지 음식만 먹을 수 있다면, 난 양상추만 먹을 거야."

"나도! 거기다 블루치즈 드레싱을 뿌려서!"

펠리시아는 내가 대단한 얘기를 했다는 듯이 나를 바라보았다.

"나도 블루치즈 드레싱 좋아해! 그거 좋아하는 사람 별로 없는데!"

자리로 돌아와서, 나는 펠리시아에게 커밀라에 대한 생각을 이야기했다.

"어른들은 늘 **죽음은 피할 수 없다**거나 **죽음이 우리 삶의 일부**라고 말하잖아. 뭐 반박할 수 없겠지, 사실이니까. 언젠가는 모두 죽잖아. 어느 날 아침 어항 속 금붕어가 배를 뒤집고 죽어 있는 모습을 볼 테고, 먼 친척 할아버지가 낡은 저택에서 돌아가시기도 하겠지. 하지만 아주 어린 나이에 부모님 중 누가 죽으면 죽음은 더 이상 먼 얘기가 아니야. 그래서 커밀라가 저렇게 겁먹었을 거야. 구스타보가 죽을까 봐 걱정되니까."

펠리시아는 재미있는 생각이 스친 듯 내 얼굴을 찬찬히 살펴보았다.

"무슨 시처럼 들린다. 특히, 금붕어 부분! 애비, 부탁 하나 해도 돼?"

"그래, 말해 봐."

나는 펠리시아가 이번 주말 모임이 끝난 후에도 계속 만나자고 하기를 바랐다.

"방금 네가 말한 거 동영상으로 찍어도 괜찮아?"

"동영상? 내가 그걸 왜 해?"

펠리시아는 자기 휴대 전화를 주머니에서 꺼내더니 무릎 위에 올려 두었다.

"날 돕는 거지. 내가 말이야, 만약에 말인데……."

펠리시아는 잠시 뜸을 들이고 나서 말했다.

"내가 이 치유 모임에 대해 짧은 다큐멘터리를 하나 만들지도 몰라."

나는 그때까지 펠리시아 쪽으로 가까이 기대고 있던 몸을 뒤로 뺐다.

"치유 모임에 대해서? 여기 얘기는 비밀로 하기로 했잖아."

"그래서 네 허락을 구하잖아."

"그건 생각해 봐야겠어. 그 다큐멘터리는 누가 보는데?"

"아직 안 정했어. 많이 보면 볼수록 좋겠지? 몬트리올 고등학생을 대상으로 하는 단편 다큐멘터리 공모전이 있어. 미디어 연구 선생님이 나한테 참가해 보라고 했거든. 나도 거기서 꼭 우……, 아니 우리 이야기가 사람들한테 도움이 될 것 같아. 그래서 단편 다큐멘터리 영화로 만들려고 해. 물론 다른 사람들을 위해서야. 날 위해서가 아니고."

펠리시아 말도 일리는 있지만, 나는 다큐멘터리에 출연하고 싶지 않았다.

"금붕어 얘기만 하면 돼? 우리 엄마 얘기도 해야 해?"

"네가 싫으면 그 얘기는 안 해도 돼. 그래도 **맥락**이라는 게 있으니까. 선생님이 다큐멘터리는 맥락이 중요하다고 했거든."

"그래서 메모를 했구나?"

펠리시아를 만난 후 처음으로 펠리시아가 나를 자기 작품에 이용하고 싶어서 친하게 구는 게 아닐까 하는 생각이 들었다.

"어? 아냐."

펠리시아가 나를 보지 않고 대답했다. 나는 펠리시아가 진심인지 의심스러웠다.

"아, 그렇기도 하고 아니기도 해."

"휴대 전화 치워."

나는 펠리시아가 휴대 전화를 주머니 속으로 다시 집어넣을 때까지 기다렸다.

"내가 말했잖아, 생각해 봐야겠다고."

펠리시아는 한숨을 쉬었다. 전에도 말했지만, 펠리시아는 뭐든 자기 고집대로 하려 했다.

"하나 더. 너 진짜 블루치즈 드레싱 좋아해?"

내 질문에 펠리시아가 어이없다는 표정을 지었다.

"왜 그런 걸 물어?"

나비 정원 반대편에는 커밀라가 자기 오빠한테 찰싹 달라붙어 있었다. 내가 소파에 앉아 책을 읽으면 고양이 주피터가 내 옆에 웅크리고 앉는다. 커밀라도 구스타보 옆에 웅크리고 앉아 있다. 커밀라가 가르랑거려도 이상할 것 같지 않았다.

앙투안과 마망은 뒤늦게 식사를 했다. 아까 들어 보니, 앙투안의 엄마가 잘 있는지 확인하고 있었다. 둘은 엄마가 오늘 뭘 좀 먹었는지 물었다. 앙투안은 빈센트를 낳은 사람이 누구인지 말하지 않았다. 나는 이런 이야기를 펠리시아랑 하고 싶었지만, 지금은 이 이야기도 펠리시아가 다큐멘터리에 이용할 것 같아 조심스러웠다. 내가 궁금해하기 시작하면 펠리시아는 그 이야기를 더 파고들 테니까.

라켈 아주머니가 어른들 자리로 돌아왔다. 그 맞은편에 앉은 아빠가 커밀라를 보자 미소를 지었다. 아빠 미소를 본 건 정말 오랜

만이었다. 아빠가 라켈 아주머니에게 뭐라고 얘기하자 아주머니는 고개를 젖히며 큰 소리로 웃었다. 아빠가 재밌는 얘기를 하는 게 가능할까?

아니, 절대로 불가능하다.

나와 아빠를 번갈아 보는 눈빛이 느껴졌다.

"너희 아빠가 좋아하는 것 같아."

펠리시아가 말했다.

"누가 커밀라를 안 좋아하겠어? 그렇게 빽빽 울어 댔어도 귀엽잖아. 일부러 웃기려고 하지 않는데도 재밌고."

"커밀라 얘기가 아니야. 커밀라네 엄마 말이야. 활기차잖아. 너희 아빠가 아주머니를 좋아하는 것 같아. 봐, 아주머니한테 말할 때 너희 아빠가 턱을 어루만지잖아. 그게 증거라니까."

"말도 안 돼. 징그러워! 그리고 우리 아빠는 그런 사람 아니야."

"그런 사람? 어떤 사람?"

"다른 여자한테 관심 있는 그런 사람 아니라고. 우리 엄마가 죽은 지 얼마나 됐다고!"

펠리시아가 왜 그런 말을 했는지 모르겠다. 말도 안 된다. 우리 아빠가 바보일 수도 있고, 내 신경을 건드릴 수도 있지만, 난 아직 아빠가 여자 친구를 사귄다는 걸 받아들일 수 없다. 그리고 새엄마를 맞이할 준비는 더욱 안 되었다. 게다가 구스타보랑 남매 사이가 되는 건 더더욱 싫다. 고요한 평화는 영원히 사라질 테니까.

"어른들 일이 다 그렇지 뭐. 사랑에 빠지고, 함께했던 사람은 다 잊어버리고."

펠리시아는 마치 자기가 어른 행동의 전문가라도 되는 듯 말했다.

14

크리스토퍼

내가 이런 말을 할 줄은 꿈에도 몰랐지만, 구스타보가 좋아질 것 같다. 물론 구스타보는 쉴 새 없이 떠들고 잘난 척하는 잔걱정 대마왕이긴 하다. 아니, 마요네즈가 삼십 분 만에 상할 거라고 생각하는 사람이 어디 있을까? 어쨌든 구스타보는 좋은 녀석이다. (이런 얘기는 애비가 없을 때 해야 한다.) 커밀라를 대하는 행동을 보고 구스타보가 착하다는 생각이 들었다. 커밀라가 정신없이 떼를 쓸 때, 나는 짜증이 나서 유난 떨지 말라고 말할 뻔했다. 하지만 구스타보는 짜증도 내지 않고 커밀라에게 걱정시켜서 미안하다며 앞으로는 늘 옆에 있겠다고 약속했다.

우리 아빠가 그런 약속을 나한테 한 적 있었나?

만약 그랬다면 아빠는 약속을 어긴 거다.

점심시간 전에는 유진 선생님이 칠판에 쓴 말들에 대해 아무 말도 하고 싶지 않았다. 그게 아빠를 죽였으니까.

내가 어릴 때, 아빠는 야근을 끝내고 집에 오면 엄마와 내가 있는 부엌으로 와서 같이 앉아 시간을 보냈다. 아빠는 졸린 눈을 비비며 하품했지만, 우리와 함께 있는 시간 덕분에 긴장이 풀리는 듯했다. 아빠는 근무 시간에 만난 사람들 이야기를 들려주었다. 대부분이 우스꽝스럽거나 행복하게 끝나는 이야기였다. 예를 들면, 어떤 사람이 응급 상황이라고 911을 불렀는데 알고 봤더니 자기 컴퓨터가 멈추었기 때문이었다는 식의 이야기였다. 아빠는 그 사람을 고발할 수도 있었지만, 동료와 함께 컴퓨터를 고쳐 주었다.

"정말 긴 밤이었단다."

또 어떤 여자는 자기 집 앞 거리에서 쌍둥이를 낳았는데 아빠가 아기를 받고 탯줄을 잘라 주었다. 산모는 아이 한 명의 이름을 우리 아빠 이름인 크리스토퍼라고 짓기로 약속했다. 나 말고도 아빠의 이름을 딴 아이가 하나 더 있다는 소리다. 또 다른 크리스토퍼는 지금쯤 일곱 살이나 여덟 살쯤 되었겠지. 그 아이가 어떻게 자랐을지 궁금하다. 자기 이름을 따온 남자한테 무슨 일이 일어났는지 그 아이가 몰라서 다행이다.

분명 슬픈 이야기도, 살리지 못한 사람들 이야기도 있겠지만 아빠는 그런 이야기를 절대로 하지 않았다. 어쩌면 내가 학교에 간

뒤에 엄마한테만 말했을지도 모르겠다.

정확히 언제부터인지 기억나지 않지만, 몇 년 전부터 아빠는 퇴근하고 나면 곧장 지하 작업실로 들어갔다. 우리에게 퇴근 인사조차 하지 않았다. 가끔은 텔레비전 소리가 들렸다. 주로 왁자지껄한 코미디 프로그램이나 심각한 해설자 목소리와 함께 의미심장한 음악이 깔리는 역사 프로그램이었다. 아무 소리가 나지 않을 때도 있었다.

한번은 이래도 괜찮겠냐고, 아빠보고 우리랑 같이 있자고 말하는 게 어떠냐고 엄마에게 말했지만, 엄마는 고개를 저었다. 아빠 혼자 내버려 두는 게 나을 거라고, 아빠에게는 혼자 있는 시간이 필요하다며 그게 아빠가 **긴장을 푸는 방법**이라고 했다. 나는 엄마와 더 얘기하기 싫었다. 아빠는 우리랑 같이 시간을 보내야 긴장이 풀렸었는데.

아빠가 죽은 뒤로 나는 지하실에 내려가지 않았다. 단 한 번도.

점심시간이 끝나고 다시 교실로 돌아가니, 유진 선생님이 미술 활동을 하며 오늘 일과를 마무리하겠다고 했다. 나는 조금 마음이 놓였다. 하지만 선생님의 다음 말에 나는 가슴이 철렁 내려앉았다.

"함께 미술 활동을 하면서 좀 더 많은 이야기를 해 보겠습니다."

선생님이 칠판에 적은 **깊은 상실의 슬픔**에 대해 또 들어야 했다.

미술 활동은 두 번에 걸쳐서 하는데, 오늘은 그 첫 시간이다. 엄마가 내일 집에 있어도 된다고 허락하면, 두 번째 시간은 빠져야겠다.

구스타보가 테이블 위에 신문지를 깔았고, 유진 선생님은 캐비닛에서 미술 도구들을 꺼냈다. 아크릴 물감, 붓, 가위, 풀, 옛날 잡지들.

앙투안은 콜라주를 만들 거라고 예상했다.

"자, 다시 맞혀 보세요!"

선생님은 이렇게 말하고는 테이블 아래에서 회색 마분지 가면을 잔뜩 꺼냈다.

"애도 가면을 만들 거예요."

구스타보가 대답했다. 역시, 자기 안에 있는 모든 지식을 다 끄집어 내보여야 성이 차겠지. 구스타보가 좋았던 건 잠시뿐이었던 것 같다.

"애도 가면이 뭐야?"

앙투안이 물었다. 유진 선생님은 테이블 끝에 앉았다. 그러고는 쌓여 있던 종이 가면 중 하나를 집어서 우리에게 안쪽과 바깥쪽을 번갈아 보여 주었다.

"우리는 모두 가면을 쓰지요."

선생님이 말했다.

"뭐, 은행 강도들도 그렇죠. 핼러윈 때 사탕 받으러 다니는 꼬마들도 그렇고요."

애비가 말했다.

선생님은 가면 뒤에 달린 고무줄을 잡아당겼다가 탁 놓았다.

"이건 좀 다른 의미의 가면입니다. 인격의 가면이라고 할 수 있겠군요. 우리가 다른 사람들 앞에서 쓰는 가면이에요. 이 가면은 우리를 안전하게 지켜 줍니다."

"그래서 선생님 말씀은, 우리가 전부 사기꾼이란 말이에요?"

애비가 물었다.

펠리시아는 재밌어하는 것 같았다.

유진 선생님은 바로 대답하지 않았다. 애비의 말을 농담으로 받아들이지 않았다.

"아니, 그렇지 않아요. 내 말은 우리는 모두, 어느 정도는, 진짜 감정을 드러내기 두려워한다는 겁니다."

아빠가 지하실에서 긴장을 풀며 지냈던 날들이 떠올랐다. 아빠도 감정을 드러내기가 두려웠을까? 아빠는 어떤 가면을 쓰고 사람들을 대했을까? 그렇다면 나는? 나도 가면을 쓰나? 나는 내 뺨을 문질렀다. 마치 가면의 종잇장이 만져지는 듯했다.

선생님은 가면의 표면을 만지며 눈구멍 속으로 손가락을 집어넣고 코 주변을 쓰다듬었다.

"오후에는 가면의 바깥쪽을 꾸밀 거예요. 원하는 재료로 자신만의 가면을 꾸며 보세요. 물감으로 색칠해도 되고, 사인펜으로 그려도 좋고, 콜라주처럼 잡지를 찢어 붙여도 좋습니다."

"거봐, 내가 콜라주랬잖아."

앙투안이 말했다.

"여러분이 다른 사람과 함께 있을 때 쓰는 가면을 만들어 보세요."

"선생님, 미술을 못 하는 학생은요?"

구스타보가 물었다. 아침에 구스타보가 그린 자전거로 봤을 때, 이건 자기 얘기다.

"미술을 잘하지 못해도 우리는 모두 작품을 만들 수 있어요. 잘하든 못 하든 걱정하지 말아요. 중요한 건 진심을 담는 거니까요."

선생님 설명은 그게 다였다.

펠리시아가 종이 가면을 하나 집었다. 빨간 사인펜으로 눈 밑에 타원형 눈물을 그렸다. 그러다 내 시선을 느꼈는지 자기 손으로 가면을 가렸다.

앙투안도 재빨리 시작했다. 먼저 농구공을 그리고 그 옆에 'NBA 2K17'이라고 적었다. 비디오 게임이 앙투안의 겉모습이구나 하고 나는 생각했다.

내 앞에 놓인 빈 가면을 바라보았다. 빨간 사인펜을 들어 뚜껑을 열었다가 다시 내려놓았다.

다른 아이들은 그림을 그리거나 아크릴 물감으로 색칠했다. 나는 잡지를 두어 권 집어 들었다.

옛날 스포츠 잡지였다. 표지에는 수영복을 입은 모델이 있었다. 몸매가 멋진 여자였지만, 내 가면에는 어울리지 않았다.

나는 잡지를 넘겨 보았다. 역도 챔피언의 인터뷰 기사가 있었다. 거대한 역기를 드는 선수 사진에서 잠시 멈추었다. 눈을 감고 얼굴에도 잔뜩 힘을 준 모습이었다. 나는 그 사진을 찢었다. 아령과 덤벨 광고 사진도 찢었다. '강해진'이라는 회사의 제품이었다. 나는 가위로 회사 이름을 오렸다.

유진 선생님이 그림으로만 가면을 꾸미라고 한 건 아니니까. 나는 글자가 더 마음에 들어서 내 가면에 글자를 붙이기로 했다. 원하는 단어를 못 찾으면 글자를 찾아 단어를 만들었다. 나는 다음 쪽에서 '나'와 '야', '다'를 찾았다.

애비가 나를 쿡 찔렀다.

"뭐 해? 협박 편지 만들어?"

"응. 납치당했거든. 누가 이 상실의 별에서 나 좀 구해 줬으면 좋겠다."

"나도. 어디서 들었는데, 그런 걸 동반 납치라고 한대. 상실의 별에서 너랑 나, 두 명 납치한 거네."

곧 내가 필요한 글자들을 다 모았다. 풀로 붙이기 전에 단어 만들기 게임처럼 글자를 늘어놓았다.

글자가 크든 작든, 글씨체가 다 달라도 상관없었다.

나는 깊게 숨을 들이마셨다가 내쉬고는 가면 위에 붙일 문장을 읽어 보았다.

　나는 강해져야 한다.

15

애비

슬픈 이야기를 들으면 나는 더 깊은 슬픔에 빠진다.

물론, 유진 선생님은 옴짝달싹 못 하는 상황이 치유 과정 중 하나라고 말했다.

"저도 그랬습니다. 지금 생각해 보면, 이십오 년 동안 깊은 슬픔에 빠져 꼼짝 못 했던 것 같아요."

"얼어붙어서 꼼짝 못 했던 거 아니었어요?"

내가 물었다.

"네, 얼어붙어 꼼짝 못 했어요. 그리고 또 깊은 슬픔에도 빠져 있었어요."

앙투안이 휘파람을 불었다.

"이십오 년? 내 나이의 거의 두 배잖아요!"

선생님은 노트를 보면서 사람들이 어떤 식으로 후회하고 **할 수 있었는데, 할 걸 그랬어, 그랬을 텐데, 만약 그랬다면 어땠을까** 하는 말들에 집착하는지에 대해 설명하고 나서는 노트를 치웠다.

선생님은 깊은 상실의 슬픔이 걷히지 않는 진한 안개처럼 느껴진다고 말했다.

"여기서 **진하다**는 표현은, 메이플 시럽처럼 끈적하고 걸쭉한 느낌을 말합니다. 그때는 무슨 일이든 하기 힘들었어요. 아침에 일어나는 것도, 설거지하는 것도, 출근하는 것도, 사람들과 대화하는 것도, 심지어는 친구와 통화하는 일조차도요. 이게 다 무슨 소용인가 싶었어요. 깊은 상실의 슬픔은 극심한 피로감 같습니다. 여러분의 에너지는 점점 떨어지지요. 그 시절에 나는 엄청 뚱뚱했어요. 여러분, 제 몸에서 사십오 킬로그램이 더 나간다고 상상해 보세요."

어이쿠! 정말 눈 버릴 것 같았다. 이제야 선생님이 왜 운동에 목매는지 이해가 갔다.

선생님은 슬픔에 빠진 사람이라고 해서 모두 그렇게 살이 찌지는 않는다고 했다. 어떤 사람들은 먹지 않아서 위험할 정도로 마르기도 한다고.

"깊은 상실의 슬픔은 똑같은 양상으로 나타나지 않습니다. 종일 자는 사람도 있고, 불면증에 시달리는 사람도 있어요. 몇 주 동안 그러는 사람도 있지만, 몇 달을 제대로 못 자는 사람도 있어요. 잠을 자려고 약을 먹기도 하는데, 그러다 약에 지나치게 의존하게 된다고 밝혀졌어요."

그 말을 듣고 크리스토퍼는 가면을 떨어뜨렸다. 크리스토퍼가 물었다.

"우울증과 같은 건가요?"

나도 궁금했다. 골드파브 선생님이야말로 우울증을 좋아하는 사람이지만 깊은 상실의 슬픔에 대해서는 한마디도 말해 주지 않았다.

"꼭 그렇지는 않아요. 어떤 우울증은 병원에서 진단을 받고 치료받아야 하는 병으로 알려져 있습니다. 특별한 상황 때문에 우울증에 걸리지는 않아요. 제가 여러분에게 말하는 **깊은 상실의 슬픔**은 누군가를 잃은 특별한 상황일 때 옵니다. 그 누군가가 다시는 돌아오지 않으며 더는 예전과 같지 않으리라는 상실에서 오는 슬픔이에요."

유진 선생님의 목소리가 작아졌다. 상실의 슬픔은 말을 꺼내기만 해도 선생님을 슬픔에 빠뜨리는 것 같았다.

나는 가면의 앙다문 입술이 마음에 들지 않아서 밝은 분홍색 아크릴 물감으로 덧칠했다. 종이 위 입술은 타원 모양이 되었다.

구스타보가 내 어깨 너머로 내 가면을 슬쩍 보았다. 가면을 꾸밀 아이디어가 필요했나 보다.

"맞혀 볼까? 웃는 모습이지?"

"아니! 하품하는 거야."

어렸을 적엔, 밤에 엄마가 어떤 책을 읽어 주더라도 나는 책이 끝나기 전에 곯아떨어졌다. 우리는 종종 농담을 하곤 했다.『괴물들이 사는 나라』에서 맥스가 집으로 돌아오는 길을 찾지 못하면 어떡하냐는 둥『난 지구 반대편 나라로 가 버릴 테야!』에서 알렉산더의 운 나쁜 하루는 절대로 좋아지지 않았을 거라는 둥.

이제는 침대에 눕기가 두렵다. 아무리 늦은 밤이어도, 몹시 피곤해도, 누워서 천장을 바라보면 **만약 그랬다면** 하는 질문에 시달리며 화내거나 후회한다. 그냥 슬퍼하기만 하면 안 될까?

앙투안은 숨을 들이마셨다. 얘는 무슨 얘기가 하고 싶을 땐 꼭 그랬다.

"다들 우리 엄마가 우울증이라고 해요. 빈센트가 죽은 뒤로는 온종일 파자마를 입고 돌아다니거든요. 마망하고 나는 엄마가 밥은 먹었는지, 씻었는지 꼭 확인해야 해요."

앙투안은 말하기 싫은 비밀을 털어놓은 듯 입술을 깨물었다.

"먹고 씻는 일처럼 자기를 돌보는 일을 못 하는 것도 깊은 상실의 슬픔 때문에 일어난 증상일 수 있습니다."

"그럼, 우리 엄마는 우울증이 아니라 깊은 상실의 슬픔에 빠져 있는지도 모르겠네요. 그게 사라지기는 할까요?"

앙투안은 또 숨을 들이마셨다.

"네. 슬픔은 점점 약해집니다. 깊이가 얕아지지요. 그리고 슬픔을 안고 살아가기가 쉬워집니다."

선생님이 앙투안의 눈을 보며 말했다.

"너희 엄마도 괜찮아질 거야."

앙투안이 자기 아랫입술을 깨물었다.

"진짜요?"

"물론."

"우리 아빠는 PTSD였어요."

크리스토퍼는 자기 가면 위에다 글자를 풀로 붙이며 말했다. 우리를 보지 않고 말해서 마치 가면과 얘기하는 것 같았다. 감정이 담기지 않은 메마른 목소리였다.

유진 선생님은 우리가 무슨 말을 하면 보통 그에 대한 설명을 덧붙여 주었는데, 이번에는 그러지 않았다. 우리도 가면 꾸미는 일에 집중했다. 펠리시아조차도 크리스토퍼가 말을 더 하도록 캐묻지 않았다.

나는 PTSD라는 말을 들어 본 적은 있지만, 그게 정확히 무엇을 뜻하는지 몰랐다. 그래서 구스타보가 침묵을 깨고 말을 꺼내자 무척 반가웠다.

"PTSD가 뭐야?"

"외상 후 스트레스 장애야."

크리스토퍼가 대답했다. 목소리는 아까처럼 건조했다. 더는 아무 말도 하지 않아서 방금 뱉은 말이 공중에 둥둥 떠 있는 것 같았다. **외상 후 스트레스 장애.**

유진 선생님이 일어나서 내가 붓을 빨던 물을 갈아 주었다.

"사람들은 가끔 견디기 힘든 일을 겪지요. 그러다 보면 PTSD가 생기기도 합니다. 주로 군인들이 많이 겪습니다. 응급 구조대원들도 마찬가지고요. 그 얘기를 하기 싫으면 하지 않아도 괜찮습니다."

유진 선생님은 앉으면서 크리스토퍼를 쳐다보지 않고 말했다.

"물론, 네가 원하지 않는다면."

크리스토퍼는 한숨을 내쉬었다.

내가 바라보는 것을 눈치챘는지 크리스토퍼는 한숨을 하품으로 바꾸었다. 자기 입을 가리고는 몇 번 더 하품했다. 지금은 PTSD 얘기가 싫은 듯했다.

고맙게도 4시가 다 되었다. 치유 모임이 끝나는 시간이다. 유진 선생님은 가면을 집으로 가져가도 되고 교실 테이블에 두고 가도 된다고 말했다.

크리스토퍼는 자기 가면을 휴지로 감쌌다. 집으로 가져가려는 게 분명하다.

"가면을 집에 가져간 사람들은 내일 꼭 가져오세요. 그리고 내일은 여러분이 지금 애도 중인 사랑하는, 아니 사랑했던 사람의 사진을 가져오면 좋겠습니다."

"사진이요? 우리 엄, 아니 할아버지 댁에는 사진이 별로 없는데 요. 얼마 전에 할아버지가 아니, 우리가 이사했거든요."

"네 휴대 전화에도 부모님 사진이 없다는 말이야?"

크리스토퍼가 눈썹을 올리며 펠리시아에게 물었다.

"아, 물론 있지. 맞아!"

부모님들은 1층 로비에서 우리를 기다리고 있었다. 앙투안의 마망은 버스 카드를 쥐고 현관문 옆에 서 있었다. 빨리 집에 돌아 가서 배우자가 어떤지 확인하고 싶은 듯 보였다.

나는 펠리시아가 괜찮은지 살펴보았다. 다른 아이들이 부모님 과 같이 있는 모습을 보면 괴로울 게 뻔하니까. 펠리시아는 테이 블 앞에서 무릎을 구부리고 앉아 휴대 전화로 화분 사진을 찍고 있었다. 자기 다큐멘터리에 쓸 사진이 필요한가 싶었지만, 튤립은 사진을 찍을 만큼 예뻐 보이지 않았다.

아빠가 나를 보더니 손을 흔들었다. 아빠는 라켈 아주머니랑 이 야기를 나누고 있었다. 커밀라는 자기 엄마 무릎에 찰싹 달라붙 어 있었다. 나는 곧장 아빠한테 가지는 않기로 했다. 아빠랑 아주 머니가 대화를 끝내기만을 기다렸다.

나는 뭐라도 하는 듯 보이려고, 로비에 있는 청동 명패를 찬찬 히 들여다보았다. 양차 세계 대전 때 목숨을 바친 군인들의 이름 이 새겨져 있었는데 모두 로렌스 학교 학생이었다. 이름 옆에는 태어난 연도와 죽은 연도가 적혀 있었다. 고작 열여덟 살에 죽은 사람도 있었다. 나보다 겨우 다섯 살 많은 셈이었다. 두리번거리다 위를 올려다보니 스테인드글라스 창문이 보였다. 바닥에는 하얀 타일이 깔려 있었다. 나라를 위해 자기 목숨을 희생한 군인들이 나와 똑같은 로비를 걷고 똑같은 창문을 바라봤을 거라고 생각하니 기분이 이상했다.

아빠는 아직도 얘기를 나누고 있었다. 아빠가 저렇게 말이 많은 사람인 줄 누가 알았을까?

아빠랑 눈이 마주치자 나는 어깨를 으쓱해 보이며 더는 못 기다려 준다고, 가겠다는 신호를 보냈다.

"애비!"

아빠가 나를 부르더니 오라는 손짓을 했다.

피할 수 없으면 즐겨라, 이건가?

나는 어른들 치유 모임이 어땠는지 아빠에게 묻지 않았다. 아빠도 아이들 치유 모임이 어땠는지 묻지 않았다. 대신 아주아주 이상한 행동을 했다. 나한테 가까이 몸을 숙이더니 내 뺨에다 뽀뽀를 한 것이다. 세상에! 난 깜짝 놀라서 뭐 하는 거냐고 화도 못 내고, 비꼬는 농담도 까먹고 말았다.

"라켈 씨랑 얘기해 봤는데, 다 같이 저녁 식사로 바비큐 치킨 먹으러 가면 재미있을 것 같아."

나는 이성을 잃었다.

"재미?"

내 목소리가 커서 로비에 있는 사람들이 전부 나를 쳐다봐도 상관없었다.

"재미라고요?"

나는 전쟁터에서 죽은 어린 군인들이 떠올랐다.

"우리가 치유 모임에 온 거 잊었어요?"

16

크리스토퍼

나는 이를 악물었다.

"그 얘기 왜 했어?"

엄마한테 마지막으로 화낸 게 언제인지도 모르겠다.

엄마는 핸들을 꽉 잡는 바람에 손가락 마디가 다 하얘졌다.

"그 얘기를 안 하면 치유 모임에 간 의미가 없잖니, 크리스토퍼."

나는 창문 밖을 바라보았다. 저층 아파트들이 줄 지어 지나갔다. 어떤 남자가 아파트 발코니에 나와 기타를 튕기고 있었다.

"나, 내일은 안 갈래."

"기회로 받아들여 봐."

"이미 해 봤다고. 나한텐 안 맞아."

엄마는 길에 시선을 고정한 채 말했다.

"남자애들끼리 친해진 줄 알았는데. 구스타보랑 앙투안, 맞지? 그 애들도 힘든 시간을 보냈잖니. 엄마들도 다 좋아 보이고."

"구스타보는 절대로 입을 다무는 법이 없어. 앙투안은 게임에 빠져 살아."

"구스타보 동생이 커밀라지? 아빠가 죽고 나서 이 년 동안 말을 안 했대. 그리고 죽은 동생을 처음 발견한 사람이 앙투안이라더구나."

나는 고개를 돌려 엄마를 쳐다보았다.

"앙투안이? 그 얘기는 안 했는데. 어떻게 알았어?"

"서로 **이야기했으니까.** 크리스토퍼, 정말 많이 도움이 되었어. 함께 이야기를 나눈 것 말이야."

나는 한숨을 내쉬었다.

"이제 그 애들 전부 아빠가 무슨 짓을 했는지 알겠네. 모두 다 똑같이 날 불쌍히 여길 테고, 진짜 싫다. 정말이지, 세상에서 제일 싫어! 내일은 **안** 갈 거야. 절대로."

내가 만든 가면이 무릎에 놓여 있었다. 나는 가면을 감싼 휴지를 벗겨 냈다. 차창을 내리고는 가면을 창밖으로 내밀었다. 따스한 바람에 가면이 펄럭거려 거의 놓칠 것 같았다. 하늘에 띄운 연처럼 가면이 날아가는 모습을 상상했다. 하지만 마음을 고쳐먹고 가면을 다시 내 무릎에 올려놓았다. 내가 꾸민 바깥쪽이 아래로 가도록 뒤엎었나 확인도 했다.

"오늘 나눈 얘기는 모두 비밀로 하자고 했어. 그러니까 네가 말하기 전에는 다른 애들도 모를 테니 걱정하지 마."

"내가 말하기 전에? 엄마, 진짜 몰라? 난 절대로 말하지 않을 거야. 그리고 비밀로 하기로 했다면서 왜 방금 커밀라가 이 년 동안 말을 하지 않았다는 이야기를 나한테 했어? 앙투안이 죽은 아기를 발견한 이야기는 또 뭐고? 다 비밀로 하자고 했다면서?"

엄마가 한숨을 쉬고는 말했다.

"누가 너보고 변호사 하면 잘하겠다고 하지 않든?"

"난 구급대원 할 거야. 엄마도 알잖아."

교차로를 지나자 엄마가 다시 말을 꺼냈다.

"너 피자 좋아하지? 저녁에 냉동 피자 데워 먹을까?"

엄마가 화제를 돌렸다. 내일은 정말 가기 싫다. 엄마 혼자 치유 모임에 가서 사람들하고 이야기를 **나누어도** 되겠지.

"피자는 좋아. 하지만 내일은 안 갈 거야."

나는 엄마를 시험해 봤다.

차가 빨간 신호에 걸려 멈춰 서자 엄마가 나를 돌아보았다. 무표정한 얼굴이었다. 한바탕 설교를 할지 내일은 집에 있으라고 할지 알 수 없었다. 나는 가면을 뒤집었다가 다시 엎었다. 엄마가 내 가면을 보지 않았으면 했다.

"마음대로 해."

집에 오자, 엄마는 냉장고에서 피자를 꺼내고 오븐을 예열했다. 나는 시저샐러드를 만들었다. 달걀 노른자를 풀어 겨자 한 숟가락과 기름, 식초, 마늘 가루를 넣었다. 파르메산 치즈를 강판에 가는데, 엄마가 내 팔꿈치를 쓰다듬으며 작은 소리로 말했다.

"아빠 레시피네."

"아빠랑 똑같다고 말하려고?"

엄마는 그 말을 너무 자주 한다. 노래 후렴구 같다.

엄마는 내 팔을 놓았지만 그대로 내 옆에 서 있었고, 나는 엄마 숨소리까지 들을 수 있었다.

"내가 그 말을 너무 많이 했나 봐. 언제나 너를 아빠랑 비교해서 너에게 부담을 준 것 같아."

"치유 모임에서 그 사람들이 뭐라 말했어?"

나는 엄마 대답도 듣지 않고 쿵쿵거리며 부엌을 나가 문을 쾅 닫아 버렸다. 피자든 시저샐러드든 다 싫다.

아직 잘 시간이 아니어도, 배 속이 꼬르륵거려도 상관없었다.

부엌에서 엄마가 달그락거리는 소리가 들렸다. 엄마 혼자 저녁을 먹든 말든 내 알 바 아니다. 엄마가 남편 없이 혼자 산다고 걱정하는 것도 지겹다. 엄마가 먹는 약에 대해 불안해하는 것도 지긋지긋하다. 치유 모임에서만 벗어나고 싶은 게 아니다. 엄마에게서도 벗어나고 싶다.

별로 한 일도 없는데 피로감이 몰려왔다. 침묵 산책을 하느라 조금 걸었을 뿐인데, 인터넷으로 체스 게임을 하거나 책을 볼 기운이 나지 않았다. 텔레비전은 지하실에 있어서 텔레비전을 보기도 싫었다.

셔츠나 바지를 벗는 일도, 자기 전 양치질도 다 귀찮았다.

나는 이불을 턱까지 끌어당겼다. 잠에 취한 듯 벌써 세상이 뿌옇게 보였다. 아빠가 죽고 난 뒤로 정말 오랜만에 **만약 그랬으면** 하는 질문이 떠오르지 않았다.

눈꺼풀이 무겁다. 여느 때와 달리 금방 잠이 들었다.

아까 우리 차가 멈춰 섰던 교차로다. 가면은 내 무릎 위에 있다.

고개를 돌리자 우리 옆으로 시내버스가 서 있다. 버스 기사가 나에게 거수경례를 한다. 나는 버스 기사의 눈을 바라본다. 한쪽 눈은 갈색이고, 다른 쪽 눈은 녹갈색이다. 아빠가 왜 버스를 운전하지?

이제 나는 버스를 탄다. 버스 안에는 의자가 없다. 바닥은 체스판처럼 빨간 네모와 까만 네모가 섞여 있다. 누가 버스를 몰고 체육관으로 향한다. 나는 역기를 들고 앉았다 일어났다를 반복한다. 버스 창문에 내 모습이 비친다. 얼굴에 땀이 비 오듯 쏟아지고 눈에 핏발이 섰다.

버스가 덜덜거리며 앞으로 나아가는데, 운전석을 보니 체스 폰이 앉아 있다. 아빠가 나를 보고 다가온다. 아빠가 두 팔을 뻗어 내 팔을 받쳐 준다. 나는 역기를 들어 올릴 수 있을 것 같다.

펠리시아도 버스에 있다. 우리 앞에 쪼그리고 앉아서 자기 휴대 전화로 동영상을 찍는다.

아빠 목소리가 나를 깨웠다.

"아들, 너한텐 너무 무거워."

나는 침대에 누워 아빠의 말을 되뇌고 또 되뇌었다. 아빠가 보고 싶다. 이제야 아빠 목소리가 얼마나 그리운지 깨달았다. 다시는 아빠 목소리를 들을 수 없겠지.

문밖에서 발걸음 소리가 들리고, 피자 냄새가 났다.

엄마 방문이 닫히는 소리를 듣고 나서, 나는 침대에서 내려와 저녁을 먹었다.

17

애비

결국 나는 바비큐 치킨을 먹으러 식당에 와서 아빠와 구스타보 사이에 끼어 앉았다. 커밀라와 라켈 아주머니는 우리 맞은편에 앉았다.

우리는 차를 따로 타고 왔는데, 그사이 라켈 아주머니가 립스틱을 발랐다는 걸 나는 금세 알아차렸다. 좋지 않은 징조다. 우리 아빠한테 관심을 보이는 여자가 있다니 이해할 수 없었다. 아빠가 완전 바보라는 사실을 아주머니는 모르나 보다.

식당 테이블 위에 놓인 코팅된 종이에 디저트 메뉴가 적혀 있었다. 커밀라가 글자 읽는 연습을 했다.

"키 래……."

"라임. 키 라임 파이. 연두색이야."

나는 커밀라의 말을 가로챘다.

아빠가 나를 나무라는 눈으로 쳐다봤지만, 커밀라는 기분이 상하지 않았는지 흐뭇하게 따라 말했다.

"키 라임 파이! 나 연두색 좋아해."

그러고 나서 다음 메뉴를 손가락으로 짚더니 나한테 케이크 사진을 보여 주었다.

"보스, 보스턴 크림 파이. 맛있겠다."

커밀라는 메뉴판 너머로 나를 힐끗 보더니 속삭이듯 말했다.

"언니, 아까 학교 로비에서 성질부리더니 이젠 괜찮아져서 다행이야."

목소리가 커서 옆 테이블에 앉은 사람들한테도 들렸을 정도였다.

"나도 가끔 성질부리는데 그러고 나면 늘 기분이 안 좋아. 언니도 지금 기분 안 좋아?"

"아니, 전혀."

아빠가 듣는 것 같았지만, 나는 무시했다.

중요한 건, 왜 하필 여기에 왔냐는 거다.

엄마는 바비큐 치킨을 가리켜 **위안을 주는 음식**이랬다. 여기 '바비큐 산장'은 엄마가 교감 선생님일 때 우리가 자주 왔던 음식점이다. 가끔 포장해 가기도 했지만, 주로 우리 셋이 함께 외식하러 오곤 했다. 엄마는 몬트리올에서 자랐는데, 그때나 지금이나 이 식당이 한결같아서 좋다고 했다.

변하지 않고 그대로 있는 모습을 보면 왠지 마음이 편해져.

울퉁불퉁한 소나무 널빤지 벽도, 오래된 포마이카 테이블도, 엉덩이를 움직일 때마다 찍찍 소리를 내는 비닐 의자도 그대로였다.

보아하니 메뉴도 바뀌지 않았다. 기름져 윤기 나는 치킨도, 바비큐 소스를 끼얹은 감자튀김도, 햄버거 빵과 양배추 샐러드도 그대로였다. 메뉴에는 치킨 샐러드와 치킨 클럽 샌드위치도 있었는데 그건 아무도 시키지 않았다. 주문 받는 직원도 그대로였다. 직원 아주머니는 예전처럼 머리를 대충 위로 올려 묶고 한쪽 귀에 연필을 꽂고 다녔다.

아빠랑 내가 들어오자 아주머니는 고개를 끄덕이며 인사를 했다. 하지만 엄마가 어디 있냐고 묻지도 않고 조의를 표하지도 않았다. 분명 엄마가 죽은 걸 알 텐데. 아주머니는 엄마가 아픈 줄 알고 있었다. 우리는 여기 자주 온 데다가, 엄마가 아주머니한테 가방에 심실 보조 장치가 들었다고 설명해 준 적도 있었는데.

적어도 아빠는 **우리**가 앉던 자리를 피해 앉으려고는 했다. 우리 세 식구는 셔브룩 거리와 고속도로가 내려다 보이는 창가 옆에 주로 앉았었다.

"계산서는 하나로 할까요?"

직원 아주머니가 물었다. 라켈 아주머니와 아이들을 보며 누군지, 우리랑 어떤 사이인지 궁금해하는 눈치였다.

"네, 그게 좋겠네요."

아빠가 말했다.

"두 개로 해 주세요. 이렇게 함께요."

라켈 아주머니가 구스타보와 커밀라를 가리키며 말했다.

나는 마음이 좀 누그러졌다. 라켈 아주머니는 아빠한테 데이트라는 인상을 주고 싶지 않은 모양이었다.

주문을 마치고 커밀라가 식탁 가운데로 손바닥을 올리더니 자기 오빠를 보며 같이 놀자는 표정을 지었다.

"나 너무 피곤해서 못 놀아. 그리고 배도 너무 고파. 감자튀김 냄새 진짜 좋다."

구스타보가 말했다.

"같이 놀자. 제발!"

구스타보는 자기 손을 커밀라 손 위에 올렸다. 커밀라가 그 위에 손을 올리더니 나를 쳐다보며 말했다.

"언니도 할래? 사람이 많을수록 재밌어."

나는 싫다고 하려다가 소용없겠구나 싶었다. 여기 음식은 절대로 오 분 안에 나온 적이 없으니까. 게임 여섯 판은 해야 닭 다리를 뜯을 수 있다.

아빠가 라켈 아주머니에게 얘기하는 소리가 얼핏 들렸다. 아빠는 자기 직업이 기계 공학 기술자라면서 건설에 참여한 몬트리올의 다리 이름을 하나하나 읊고 있었다. 라켈 아주머니는 흥미로운 척했지만, 몰래 하품을 삼켰다. 그것도 두 번이나.

아빠 목소리를 언제 이렇게 많이 들어 봤는지 모르겠다. 다리 얘기가 다 떨어지자 아빠는 나를 지나쳐 구스타보를 바라보았다.

"그러고 보니 구스타보가 이번 주에 유진 선생님 조수라고 했지. 무척 영광이겠구나. 오늘은 어땠니?"

구스타보는 아빠 질문에 집중하느라 쌓아 둔 손에서 자기 손을 빼냈다.

커밀라는 부루퉁해서 입을 쑥 내밀었다.

"괜찮았어요. 치유 모임 첫 해가 아이들한테 제일 힘들거든요. 저도 그랬어요. 제 감정이나 파괴 이야기는 말하고 싶지 않았어요. 너무 마음이 아파서요. 우리 모둠에는 저 빼고는 모두 처음 온 애들이에요. 앙투안은 어린 동생이 죽었대요. 하지만 동생을 잃은 슬픔보다는 엄마들 이야기를 더 많이 했어요. 그리고 크리스토퍼라는 애는 자기 아빠한테 일어난 일을 얘기하려 하지 않더라고요."

구스타보가 말하자 아빠랑 라켈 아주머니가 서로 눈빛을 교환하는 모습이 보였다.

"무슨 일이 있었는지 혹시 아······."

라켈 아주머니에게 물어보려는데(아빠하고는 말을 안 하기로 했으니까) 구스타보가 계속 말을 이었다. 음식이 나왔는데도 말을 끊지 않았다.

"펠리시아는 좀 사나워요. 아마 부모님 두 분이……."

구스타보는 잠시 말을 멈추었다. 옆에 커밀라가 있어서 조심하는 듯 보였다.

"음, 물론 애비도 있고요. 애비는 농담을 잘해요."

나는 냅킨을 옷깃에 집어넣었다. 바비큐 소스를 옷에 흘리면 안 되니까.

"넌 내 농담 안 좋아하잖아. 내 농담에 화가 **담겨 있다며?**"

구스타보는 손을 뻗어 커밀라의 치킨을 작게 잘라 주었다.

"**지금도 그래.** 하지만 재미있기도 해."

아빠는 감자튀김 두 개를 집어 바비큐 소스에 찍었다. 아빠는 먹는 것도 참 일관적이다. 항상 감자튀김을 다 먹고 나서 닭 다리를 먹기 시작한다.

"애비 엄마도 유머 감각이 대단했지. 하지만 화가 담긴 농담은 절대로 하지 않았어."

나는 고개를 돌려 아빠를 바라보았지만, 아빠는 감자튀김을 먹느라 알아차리지 못했다. 아빠가 엄마 이야기를 한 건 백만 년만이었다.

침묵 시위만 아니라면, 아빠에게 이렇게 묻고 싶었다. 어떻게 **우리**가 자주 오던 음식점에 와서, 게걸스럽게 감자튀김을 먹을 수 있냐고, 엄마가 보고 싶지도 않냐고. 나는 지금도 엄마가 너무 보고 싶어서 닭 다리를 한 입도 못 먹겠는데.

먹을 때는 말을 하지 않아야 한다는 예절도 모르는지, 구스타보는 음식을 씹으면서 아빠한테 유진 선생님 조수 역할이 어떤지를 계속 설명했다.

"솔직히 전 유진 선생님이 걱정이에요. 몸은 굉장히 다부져 보이잖아요. 근데, 낮에 걷는 내내 땀을 엄청나게 흘리시더라고요."

"오빠는 걱정을 참 잘해."

커밀라가 해맑게 말했다.

"오늘 꽤 더웠잖아. 나도 땀 흘렸어."

나도 한마디 했다.

라켈 아주머니가 손을 뻗더니 구스타보의 손을 토닥여 주었다.

"커밀라 말이 맞아. 아들, 내가 뭘 걱정하는지 아니? 네가 걱정을 너무 많이 해서……."

"다 파피 때문에 그래."

커밀라가 말했다.

여섯 살치고는 참 똑똑하다.

커밀라는 내 닭 다리를 바라보았다.

"그거 안 먹을 거야? 내가 먹어도 돼?"

"커밀라! 예의 바르게 굴어야지."

라켈 아주머니가 말했다.

"그거 안 먹을 거야? 내가 먹어도 돼요?"

나는 커밀라에게 내가 남기면 먹어도 된다고 말하고 나서는 감자튀김을 집었다. 다시 식욕이 돌아왔나 보다.

그렇게 엉망진창인 외식은 아니었다.

다 먹고 음식점을 나가면서, 나는 창가 자리를 쳐다보지 않으려 애썼다. 하지만 그 자리를 지나갈 때 아빠가 나를 쿡 찔렀다. 아무 말도 하지 않았지만, 무슨 말을 하려는지 알 수 있었다.

우리는 서로 반대 방향으로 가야 해서, 식당 밖에서 인사를 나누고 헤어졌다.

아빠하고 내가 차에 타려는데 길 건너편에서 커밀라가 큰소리로 물었다.

"아저씨랑 우리 마미랑 이제 남자 친구하고 여자 친구예요?"

나는 화가 날 것 같았다.

아빠는 민망한 듯 보였다.

하지만 아빠와 나는 동시에 크게 웃었다. 평소에는 하지 않던 행동이었다.

18

크리스토퍼

내가 엄마보다 먼저 부엌에 갔기 때문에, 에스프레소 주전자에 커피 가루를 넣고 가스레인지에 올렸다. 아빠가 커피를 끓이던 방식이다.

"그럴 필요 없어."

엄마가 부엌에 들어오며 말했다. 아빠 얘기는 하지 않았다.

내가 아래층에 내려와 있는 모습을 보고도 놀라지 않은 모양이었다.

"우리 몇 시에 나갈 거야?"

내가 물었다.

"안 간다고 하지 않았니?"

엄마에게 어젯밤 꿈 이야기를 하려다 말았다. 지금은 나 혼자만 간직하고 싶었다.

"마음이 바뀌었어."

그때, 애도하는 사람의 사진을 가져오라고 했던 말이 떠올랐다. 냉장고에 아빠 사진이 붙어 있었다. 부고장에 실린 사진이다. 부고장에는 '**편히 잠드소서**'라는 글과 함께 아빠가 태어난 날짜와 죽은 날짜가 적혀 있었다. 사진 속 아빠는 **특별 구급대원**이라고 적힌 빨간 야구 모자를 쓴 채 카메라를 향해 밝게 웃고 있었다. 아빠가 지하 작업실에 혼자 틀어박혀 있기 전에 찍은 사진이 틀림없다.

"엄마, 이 사진 치유 모임에 가져가도 돼?"

"물론이지. 장례식에서 쓰고 남은 게 잔뜩 있어."

뭐 하러 카드를 잔뜩 모았냐고 묻지는 않았다. 엄마는 냉장고 자석 두 개로 사진을 붙여 놔서, 나는 자석을 떼어 옆으로 옮겼다. 하나는 바나나고 다른 하나는 딱따구리다. 왜 전에는 알아차리지 못했을까?

"이 자석은 언제 샀어?"

나는 딱따구리의 빨간 머리를 가리키며 물었다.

"거기 계속 있었어. 아빠가 줬거든."

어제보다 날이 더워서, 유진 선생님과 구스타보는 교실 창문을 전부 열었다.

"부모님 사진 잘 찾았니?"

펠리시아가 들어오자 선생님이 물었다. 펠리시아는 어제와 다른 옷을 입었지만, 역시나 전부 까맸다.

펠리시아는 가방에서 표지를 천으로 누빈 낡은 앨범을 꺼냈다.

"할아버지 댁에서 이걸 찾았어요. 부모님 결혼식 사진이에요."

펠리시아는 조용히 말하며 앨범을 넘겼다. 분홍 장미 넝쿨이 쳐진 울타리 앞에 부부 한 쌍이 나란히 서 있는 사진이 나왔다.

"아하, 너 아빠 닮았구나."

애비가 말했다. 정말 그랬다. 펠리시아는 아빠처럼 피부가 하얗고 눈동자가 파랬다. 머리를 금발로 염색하지 않았다면 머리카락도 까만색이었겠지.

펠리시아는 심드렁하게 말했다.

"안 닮았으면 좋았을 텐데."

"왜? 아빠랑 사이가 좋지 않았어?"

애비가 물었다.

"안 좋아, 아니 안 좋았어. 따로 여자 친구가 있었거든."

펠리시아는 팔짱을 끼며 말했다.

"그래?"

애비는 충격을 받은 듯 말했다.

이번만큼은 나도 펠리시아가 안됐다 싶었다. 분명 기분이 더러웠을 것이다.

오늘 유진 선생님은 보온병에 아이스티를 담아 왔다. 뚜껑을 열어 아이스티를 따르자 레몬 향기가 확 풍겼다.

"펠리시아는 부모님을 애도할 뿐만 아니라 부모님의 결혼 생활이 힘들었다는 사실도 받아들여야 했구나. 아이들에게는 무척 힘든 일이지. 그런 일을 겪어서 유감이다."

펠리시아는 앨범을 덮고 옆으로 치워 두었다. 애비가 티슈를 건넸지만, 펠리시아는 받지 않았다.

"자, 이번에는 다음 사람 사진을 볼까? 애비, 뭘 가져왔니?"

선생님이 말했다.

애비는 신문 스크랩한 종이를 꺼냈다. 애비 엄마가 교감으로 임명받은 기사였다. 오랫동안 접었다 폈다 했는지 종이에 깊게 주름이 파여서 얼굴은 잘 보이지 않았다.

"엄마가 교감 선생님이 된 일이 그해 가장 좋은 일이었어요. 축하 파티에서 이사회장님이 엄마에 대해 이렇게 말했어요. 엄마가 학교를 중퇴하는 아이들이 많은 빈민 지역에서 좋은 일을 해 왔다고요. 그래서 학생들의 인생에 큰 변화를 가져다주었다고 했어요. 그 자리에는 엄마가 젊었을 때 가르쳤던 학생들도 초대받아 왔어요. 그중 몇 명은 엄마 장례식 때도 왔고요."

애비는 마지막 말을 하면서 티슈 상자로 손을 뻗어 코를 풀었다.

"알레르기야."

애비는 내 시선을 눈치채고 말했다.

"엄마가 돌아가실 무렵의 사진을 가져올까 했었어요. 종일 침대에 누워 있을 때 사진이요. 그 사진 말고 이 신문 기사를 가져오길 잘한 것 같아요."

유진 선생님은 애비가 속 얘기를 털어놓은 걸 격려하듯이 고개를 끄덕이고는 말했다.

"엄마가 무척 자랑스러웠겠구나."

"무척 자랑스러웠어요, 아니, 엄마가 **자랑스러워요**."

애비는 우리에게 비밀 이야기를 하려는 듯 목소리를 낮추었다.

"하지만 그때는, 엄마가 늦게 퇴근하고 이 학생은 이렇다는 둥 저 학생은 저렇다는 둥 학생들 이야기를 할 때면……, 아주 가끔, 엄마가 나보다 학생들을 더 챙긴다고 생각했어요."

펠리시아가 고개를 저었다.

"애비, 무슨 그런 말을 하니? 당연히 **너**를 더 신경 쓰지! 넌 딸이잖아!"

유진 선생님이 말리듯 손을 들어 보였다. 애비는 한 번 더 코를 풀었다.

"중요한 것은, 애비가 과거에 어떻게 느꼈고 지금은 어떻게 느끼고 있는가예요. 모든 감정은 참되니까 당연히 인정해 주어야 합니다."

선생님은 부드러운 목소리로 말을 이었다.

"앙투안? 빈센트 사진은 찾았니?"

앙투안은 무릎에 올려 두었던 갈색 봉투를 들었다. 그 안에는 백화점에서 찍은 가족사진이 들어 있었다. 배경으로 깔린 파란 커튼 덕분에 알 수 있었다. 앙투안은 아기를 안고 있었다. 아기는 까만 고슴도치 같은 머리칼에 눈이 까맣고 동그랬다.

"아니 무슨 머리가……."

펠리시아가 짓궂은 말을 하려다 말았다.

나는 펠리시아의 짧고 삐죽 솟은 머리를 지적할 뻔했다.

"너희 엄마야?"

애비가 사진 속에서 웃고 있는 여자를 가리키며 물었다.

"어, 우리가 가족일 때 찍은 거야."

앙투안이 말했다.

"지금도 가족이란다."

유진 선생님이 상냥한 목소리로 말했다.

나는 아빠 사진이 붙은 카드 모서리 끝을 살짝 접었다. 생각을 너무 많이 해서 멍한 기분이었다. 앙투안과 앙투안의 두 엄마도 여전히 가족이라는 유진 선생님의 말은 나와 엄마에게도 적용되었다. 애비 엄마가 자기보다 학생들을 더 챙기는 것 같았다는 말도 내 가슴 어딘가의 응어리를 찔렀다. 어쩌면 나도 아빠한테서 똑같은 마음을 느꼈는지 모르겠다. 아빠는 나랑 엄마보다 구조한 사람들을 더 신경 썼으니까. 이런 말이 튀어나올 뻔했는데 구스타보가 불쑥 끼어들었다.

그때까지 구스타보는 사진을 엎어 두고 있었다. 지금은 모두를 놀라게 해 주려고 사진을 뒤집었다. 카드 게임에서 에이스 카드를 꺼내는 것처럼.

나는 사진을 보고 깜짝 놀랐다. 줄무늬 티셔츠를 입은 작은 남자아이가 서 있는 흑백 사진이었다. 눈 덮인 산봉우리들이 배경으로 보였다.

"우리 파피야. 여긴 칠레고."

구스타보가 말했다.

"아버지가 몇 살 때 찍은 사진 같니?"

유진 선생님이 물었다.

"마미 말로는 네 살이나 다섯 살쯤이랬어요. 지금 커밀라보다도 어렸을 때예요."

애비는 몸을 숙여 사진을 자세히 보며 말했다.

"행복해 보인다."

펠리시아도 사진을 살펴보고 물었다.

"산봉우리들 좀 봐! 칠레 어디에서 찍었는지 알아?"

구스타보는 잘 모르겠다는 듯 어깨를 으쓱했다.

"마미한테 물어볼게."

"사진을 보니 기분이 어떠니?"

선생님이 물었다. 구스타보는 평소와 다르게 잠시 생각에 잠겼다가 다시 말을 꺼냈다.

"슬펐지만 그래도 좋았어요."

"자, 이제 누구 차례더라?"

애비가 나를 보며 말했다. 나는 아빠 사진을 돌렸다. 앙투안이 사진 밑에 적힌 날짜를 보며 아빠가 몇 살 때 죽었는지 계산하고 있었다.

"마흔두 살 때 돌아가셨어."

나는 숨을 깊이 들이마셨다가 내쉬었다.

"우리 아빠는 마흔두 살 때 자살했어."

19

애비

크리스토퍼네 아빠가 자살했다니.

지금까지 치유 모임에서 들은 이야기 가운데 최악이었다. 펠리시아가 부모님이 익사하는 장면을 본 것보다도, 앙투안이 아기 시신을 발견한 것보다도 더 나빴다. 크리스토퍼가 우리에게 말하기 꺼려 했던 이유를 알 것 같았다.

지금까지 치유 모임에서는 누가 무슨 이야기를 할 때마다 다른 누군가가 그에 대한 말을 덧붙이곤 했다. 주로 유진 선생님이나 구스타보. 하지만 크리스토퍼가 **우리 아빠는 마흔두 살 때 자살했어**라고 말했을 때는 누구도 입을 열지 않았다. 유진 선생님도, 구스타보마저도. 셔브룩 거리에서 들려오는 자동차 소리조차 들리지 않았다. 마치 온 세상이 멈춰 버린 듯했다.

　나는 펠리시아를 바라보지 않았다. 눈이 마주치면 나한테 "거
봐, 내 말이 맞지?" 하고 말할까 봐. 펠리시아가 맞았다. 크리스토
퍼네 아빠는 누군가의 목숨을 구하다가 죽은 게 아니었다. 영웅
이 아니었다.

　다른 아이들도 나랑 똑같이 생각했겠지. 크리스토퍼네 아빠는
어떻게 목숨을 끊었을까? 우리 모두 알고 싶었지만, 누구도 감히
묻지 못했다. 상실의 별에서, 그리고 이 지구상에서 가장 시끄러
운 펠리시아조차도 가만히 있었다.

　구스타보가 나에게 사진을 돌렸다. 크리스토퍼와 꼭 닮은 모습
이 제일 먼저 눈에 들어왔다. 양쪽 눈동자 색깔이 다른 점도 그렇
고 고개를 한쪽으로 비스듬히 기울인 모습도 똑같았다. 크리스토
퍼네 아빠는 무척 건강해 보였다. 죽기 전에 볼이 푹 꺼졌던 우리
엄마와는 달리 크리스토퍼네 아빠는 볼살도 적당히 붙어 있었다.
구릿빛 피부에 반짝이는 눈동자는 희망차 보여서 크리스토퍼가
한 말이 짓궂은 농담 같았다.

　이렇게 건강해 보이는 사람이 왜 스스로 목숨을 끊었을까. 우리
엄마라면 그저 건강한 심장만 생긴다면 무슨 짓이든 했을 텐데.
나는 아무리 해도 이해가 가지 않았다.

　이제 크리스토퍼가 자기 이야기를 하기 시작하면 그만둘 수 없
을 거다. 아빠의 죽음 이야기는 처음 꺼낸 듯 보였다. 몹시 오랫동

안 속에 쌓아 둔 이야기라 술술 나올지도 모르겠다.

마침내 크리스토퍼가 자기 이야기를 하기 시작했다.

"지하실에서 아빠를 발견했어요. 매일 아침, 아빠는 야근을 마치고 올 때마다 곧바로 지하실로 향했어요. 가끔 텔레비전 소리가 들리기도 했어요. 어둠 속에서 혼자 가만히 앉아 있을 때도 있었어요. 내가 내려가서 아빠랑 이야기를 나누면 어떻겠냐고 엄마한테 물었지만, 그럴 때마다 엄마는 아빠를 혼자 내버려 두는 게 좋을 거라고 하셨어요. 아빠 같은 직업을 가진 사람들은 혼자만의 시간이 필요하다고요. 그날, 아빠가……, 아빠가 그랬던 날은, 평소보다 텔레비전 소리가 오래 들렸어요. 그리고 평소처럼 아침 식사로 시리얼이나 커피를 찾으러 부엌에 오지 않았어요. 엄마가 커피를 내리자 나는 지하실로 커피를 갖다드리겠다고 말했어요. 잠들었는지 보고만 오라고, 엄마가 그랬어요. 처음 아빠를 발견했을 때는 그냥 잠든 줄 알았어요. 그때 무척 기뻐했던 기억이 나요. 야근하고 돌아오는 날에는 아빠가 잠을 못 잤거든요. 아빠는 발을 올리고 안락의자에 기대어 앉아 있었어요. 하지만 고개가 푹 기울어져 있었어요. 그런 모습은 처음이었어요. 솜이 빠져 축 늘어진 헝겊 인형 같았어요. 처음에는 아빠를 그냥 쉬게 놔두려고 했는데, 고개 각도가 너무 이상해 보였어요. 그리고 코도 안 골았어요. 엄마랑 나는 항상 아빠가 코를 엄청나게 크게 곤다고 놀렸거든요. 나는 "아빠?" 하고 불러 봤어요. 큰 소리는 내지 않았어요. 엄마가 걱정할까 봐서요. 나는 다시 불렀어요. "아빠, 괜찮아요? 커피 가져왔어요. 우유 빼고, 설탕 빼고. 아빠가 좋아하는 블랙커피예요." 나는 아빠 숨소리가 들릴 정도로 가까이 다가갔지만, 아빠는 숨을 쉬지 않았어요. 손을 뻗어 아빠를 만져 보니, 아빠 손은 차갑고 축축했어요. 큰 소리로 엄마를 부르려고 했지만, 목소리가 나오지 않았어요."

크리스토퍼가 고개를 떨구었다. 발견됐을 당시의 크리스토퍼 아빠 모습이 저랬을지도 모른다고 나는 생각했다.

난생처음 듣는 소리가 크리스토퍼에게서 나왔다. 흐느끼는 소리도, 울부짖는 소리도, 앓는 소리도 아니었다. 마음속 깊은 곳까지 말라 버린 소리. 나는 그렇게 생각했다. 감정이 바싹 말라 고통만 남은 소리였다.

펠리시아가 테이블 아래로 내 발을 찼다. 나는 펠리시아를 보지 않고 고개만 저었다. 펠리시아를 쳐다보지 않은 채. 무슨 생각인지 나는 안다. 그 같잖은 다큐멘터리를 찍겠다고 지금 이 모든 상황을 녹화하고 싶겠지. 얘는 감정도 없나? 크리스토퍼가 얼마나 괴로운지 보이지도 않나?

"진통제 과다 복용이었어요."

우리가 궁금했던 질문의 답이 나왔다.

"의자 옆에 빈 약병 두 개가 뒹굴고 있었어요. 아빠가 어깨 통증 때문에 먹던 약이었어요. 아빠가 약을 모아 둔 게 틀림없다고 엄마가 그랬어요. 목소리가 나오자 나는 엄마한테 911에 전화하라고 소리를 질렀어요. 전화 받은 구급대원은 아빠 동료였어요."

"어떻게 그럴 수 있어?"

불쑥 말하고 나자마자, 나는 곧 후회했다.

크리스토퍼는 나를 보지 않고 대답했다.

"나도 늘 나 자신에게 묻곤 해. 엄마하고 나는 아빠가 외상 후 스트레스 장애에 시달렸다는 걸 알았어야 했어. 아빠와 같이 일했던 사람들도 그 사실을 알아챘어야 했고. 아빠는 지하실 같은 곳에 혼자 있는 사람이 아니었어. 집에 오면 우리랑 어울리곤 했는데. 그런 징후들을 눈치챘어야 했어."

크리스토퍼는 고개를 절레절레 흔들었다.

크리스토퍼네 아빠가 의자에 축 늘어진 모습을 떠올리자 나는 몸이 움츠러들었다. 아무리 애써도 목소리가 나오지 않았겠지. 한참 뒤에야 구급대원이 문 앞에 나타났을 것이다.

문득 나는 깨달았다. 크리스토퍼는 아빠와 작별 인사를 나눌 기회가 없었다.

나는 엄마와 작별 인사를 나누었는데.

크리스토퍼는 침을 삼키고 나서 다시 말을 이었다.

"아빠가 한 짓을 내가 용서할 수 있을지 모르겠어요."

유진 선생님이 크리스토퍼의 팔꿈치를 꼭 잡고 눈을 마주 보며 말했다.

"언젠가는 그렇게 될 거야. 크리스토퍼, 아버지를 용서할 수 있을 거야. 반드시 그렇게 되리라 나는 믿는다. 하지만 꼭 용서해야 할 사람은 따로 있어. 그리고 그게 더 힘들겠지."

유진 선생님이 말하는 사람이 누구인지 나는 알 것 같았다.

크리스토퍼는 자기 자신을 용서해야 한다.

"죽은 동생을 처음 발견한 사람은 나야."

앙투안이 말하자 펠리시아가 앙투안을 보고 물었다.

"너희 엄마들이 발견했다고 하지 않았어? 그래서 소리 지르고 아래층 이웃까지 다 깨웠다며?"

앙투안이 고개를 저었다.

"엄마들이 소리 지른 건 맞아. 하지만 빈센트를 발견한 건 나였어. 그리고 내가 말하지 않은 게 있어."

앙투안은 잠시 머뭇거리다가 말을 이었다.

"빈센트 방 모니터가 충전되어 있는지 내가 확인했어야 했어. 그런데……."

앙투안이 숨이 막힌 듯 헐떡이기 시작했다.

나는 앙투안의 등을 두드려 주며 말했다.

"괜찮아."

이 말 말고는 무슨 말을 해야 할지 모르겠다.

"학교 친구랑 **배틀필드**를 하고 있었어. 모니터가 충전되어 있었다면, 어떤 소리라도 들었을 테고 빈센트는 죽지 않았을 거야."

유진 선생님은 천천히 숨을 내뱉었다.

"그럴 줄 몰랐잖니. 그건 너에게 너무 큰 짐이란다. 우리에게 말하길 잘했어."

선생님이 말하자 앙투안이 고개를 끄덕였다. 크리스토퍼가 티슈 상자를 건네자 앙투안은 코를 풀었다.

나는 울기 시작했다. 치유 모임이 내 가슴을 찢어 놓을 거라고 누가 미리 알려 주면 좋았을 텐데.

"유진 선생님, 계세요?"

교실 문 옆에 있는 인터폰으로 여자 목소리가 들렸다. 라켈 아주머니 목소리 같았다. 선생님은 곧장 인터폰으로 다가갔다.

"네, 유진입니다. 라켈 씨, 말씀하세요. 아래층은 별일 없지요?"

아주머니 목소리가 지직거렸다.

"좀 이상해서요. 방금 학교로 전화가 왔어요. 자기 이름이 펠리시아라네요. 펠리시아 시마토프스키래요."

20

크리스토퍼

체크메이트!

내 생각이 맞았다!

펠리시아는 펠리시아 시마토프스키가 아니었다.

성격이 비비 꼬인 치유 모임 스토커였다. 그런 사람 앞에서 아빠의 자살 이야기를 털어놓다니! 사내 녀석이었으면 한 방 먹였을 텐데.

"네가 뭔가 꾸미고 있을 줄 알았어. 너 진짜……, 진짜 역겹다!"

나는 너무 화가 나서 말이 나오지 않았다.

애비가 소리쳤다.

"펠리시아 시마토프스키가 아니라면, 넌 누구야? 왜 다른 사람인 척해? 네가 한 짓은 진짜 잘못됐어! 널 믿었는데, 펠리시아, 아니, 무슨 이름이건 간에!"

"선생님도 화가 나는구나. 어떻게 이런 일이 일어났는지 모르겠다. 넌 누구고, 우리 치유 모임에서 뭐 하는 거니?"

유진 선생님이 말했다.

"그래. 누구냐, 너?"

앙투안도 물었다.

나는 가짜 펠리시아와 코가 맞닿을 정도로 가까이 다가가 섰다.

"네 이름은 제시 타워스야. 맞지?"

이제 다들 어제 침묵 산책에서 어떤 여자아이가 펠리시아를 제시 타워스라고 불렀던 일을 떠올리겠지. 그 여자아이가 제대로 본 거다.

펠리시아라고 부르면 안 되겠지만, 가짜 펠리시아가 제대로 된 사람이라면 사과해야 한다. 하지만 사과는 없었다.

"다 설명할게. 작은 오해가 있었어."

가짜 펠리시아는 사과 대신 이렇게 말했다.

"작은 오해?"

내가 너무 크게 소리치는 바람에 교실 창문이 흔들렸다. 내 안에서 뭔가 치밀었다.

"너는 우리에게 거짓말을 했어. 우리는 다들 가장 민감한 개인사를 너한테 이야기했는데, 그게 **작은 오해**라고? 네 눈앞에서 부모님이 호수에 빠져 죽었다는 말도 다 거짓말이야. 안 그래?"

애비는 자기 입을 손으로 가렸다. 가장 친한 친구라고 여겼을 텐데, 지금 어떤 기분일까?

가짜 펠리시아가 고개를 숙였다.

"그래, 맞아. 지어낸 얘기야. 피해 주려고 그런 건 아니야."

아직도 사과하지 않았다.

애비는 입을 떡 벌렸다.

"피해 주려고 그런 건 아니라고? 네가 무슨 짓을 했는지 몰라? 넌 우리 모두를 속였어. 나는 네 부모님 얘기가 사실이라고 믿었어. 네가 참 안됐지만 그래도 꿋꿋하게 이겨 낸다고 생각했어. 그런데 넌 모두를 엉망진창으로 만들었잖아. 어떻게 그럴 수 있니? 너, 블루치즈 드레싱 안 좋아하지?"

블루치즈 드레싱? 갑자기 무슨 소리인지 모르겠다.

구스타보는 고개를 저었다.

"지금까지 이런 일은 없었어. 정말 큰 사건이야."

유진 선생님은 손을 꽉 움켜쥐었다.

"여기는 안전한 장소여야만 한다. 너는 그런 안전한 장소를 침범한 거야. 펠리시아든, 제시든 뭐든. 이건 나쁜 정도를 넘어서서 잔인한 짓이야."

가짜 펠리시아는 입술을 깨물었다.

"그래, 알았어요. 무슨 말인지 알겠다고요. 미안해요."

사과하기까지 정말 오래도 걸렸다.

"하지만 설명할 기회를 주신다면……."

가짜 펠리시아가 쉰 목소리로 말했다.

"좋아. 설명해 봐라. 하지만 이번에는 사실대로 얘기해야 해. 그런 다음에 다른 아이들하고 어떻게 할지 결정할 거야."

선생님이 말했다.

"크리스토퍼 말이 맞아요."

가짜 펠리시아가 말하자 나도 모르게 미소가 지어졌다. 자기가 맞다는 말을 싫어하는 사람은 없을 테니까.

"내 이름은 제시 타워스예요. 하지만 맹세코 계획한 짓은 아니에요. 몇 주 전 학교 상담실 게시판에서 치유 모임 광고 포스터를 봤어요. 굉장한 다큐멘터리를 만들 수 있겠다 생각하고……."

나는 불쑥 끼어들었다.

"쟤가 우리 모임을 동영상으로 찍었어요. 어제 화장실에서 봤어요."

"여자 화장실에서 뭘 한 거야?"

애비가 물었다. 듣자 하니 애비는 제시가 아니라 내가 뭘 잘못했다고 생각하는 것 같았다.

나는 애비에게 설명했다.

"남자 화장실이었어. 여긴 남학교잖아."

유진 선생님은 눈알이 튀어나올 듯한 표정이었다. 선생님은 엉덩이에 손을 짚고 말했다.

"어제 동영상을 찍었다는 게 사실이니? 그건 완전히 비윤리적인 행동이야."

"고의로 그런 건 아니에요."

나는 안다. 제시는 바닥을 내려다볼 때마다 거짓말을 한다. 자기 다큐멘터리에 쓰려고 의도적으로 동영상을 찍었겠지.

"내가 지우게 했어."

나는 다른 아이들에게 말했다.

제시는 다시 바닥을 내려다보았다. 그러고는 다시 고개를 들어 우리를 쳐다보더니 손바닥을 들어 보이며 말했다.

"말 좀 끝까지 하게 해 줄래? 제발 부탁이야."

구스타보는 평소와 다르게 조용히 있다가 이제야 입을 열었다.

"마저 끝내게 해 주자."

"그냥 치유 모임을 시작할 때 잠깐 들러서 다큐멘터리 영화를 찍을 계획이라고 얘기하려고 했어요. 상실을 겪는 아이들을 다루면 정말 굉장한 영화가 되겠다고 생각했거든요. 지금도 그 생각은 변함없어요. 이런 경험이 있는 애들은 별로 없잖아요. 선생님처럼 그런 아이들을 도와줄 수 있는 사람도 드물고요."

아무리 제시가 아부를 떨어도 유진 선생님은 웃지 않았다. 선생님이 말려들지 않아 다행이었다.

"어쩌다 보니 명단에서 펠리시아 시마토프스키라는 이름을 봤어요. 구스타보가 부모님이 모두 돌아가셔서 안 됐다고 해서 그 이야기를 만들어 냈어요."

제시는 **이야기를 만들어 냈다**고 말할 때 목소리가 격앙되었다. 마치 자기 상상력에 감동한 듯했다. 지금까지 자기가 상처 준 사람들은 알 바 아니라는 건가?

"말했잖아. 진짜, 진짜, 많이 미안하다고. 내가 가끔 휩쓸리긴 해."

"휩쓸려? **휩쓸렸다니**, 너는 아무 짓도 안 했다는 말이네. 마치 너에겐 아무 책임도 없고, 네가 나쁘지도 않다는 말 같아. 너는 사악해!"

사악하다는 말은 좀 강했지만, 나는 정말 그런 느낌이었다.

유진 선생님은 제시의 얼굴을 바라보았다. 이맛살을 찌푸리며 뭔가 생각해 내려 했다.

"궁금한 점이 있어. 제시, 애초에 무엇 때문에 우리 치유 모임에 관심이 생겼니?"

제시는 눈을 감고 숨을 깊이 들이마셨다. 그러려고 한 것은 아니지만, 나도 덩달아 숨을 깊이 들이마셨다. 어제 아침부터 우리 비밀을 훔치려 했던 이 여자아이가 과연 자기 비밀을 털어놓을까? 또 다른 거짓말을 늘어놓겠지.

"네가 사랑하는 사람이 죽었니? 그래서 치유 모임에 왔니?"

구스타보가 조곤조곤 물었다.

"쟤가 하는 말을 어떻게 믿어? 난 절대로 믿을 수 없어."

애비가 말했다.

맞는 말이다.

제시는 한숨을 내쉬었다.

"지금부터 내가 하는 말은 모두 백 퍼센트 사실이야."

애비는 팔짱을 꼈다. 여전히 제시를 쳐다도 보지 않았다.

"아무도 안 죽었어. 하지만 여섯 달 전에 아빠가 떠났어. 엄마는 뭐가 문제인지도 몰랐대. 아빠한테는 일 년 넘게 사귄 여자 친구가 있었어. 고등학교 때 알던 사람인데, 페이스북에서 다시 만났더라고. 무슨 삼류 소설 같지?"

제시는 고개를 들어 우리 모두를 바라보았다.

"할아버지 할머니랑 같이 산다는 이야기는 사실이야. 엄마랑나는 예전 집에서 살 형편이 못 되거든. 그래서 할아버지 댁으로이사 왔어. 우리까지 살기에는 작고 비좁은 아파트야."

"거짓말쟁이랑 같이 비좁은 아파트에서 사는 것만큼 나쁜 일도 없겠지."

나는 중얼거렸다.

제시가 사기꾼이라는 사실이 탄로 난 뒤 처음으로, 애비가 제시의 눈을 마주 보고 물었다.

"너희 아빠랑 아직 만나긴 해?"

"아니. 이젠 안 만나. 처음에는 아빠가 전화도 하고 문자도 보냈지만, 내가 너무 화가 나서 못 보겠다고 말하자 아빠가 연락을 끊었어."

구스타보가 손을 들었다.

"너희 아빠가 여자 친구랑 도망쳤는지는 모르겠지만, 그거 알아? 넌 아직 아빠가 **살아 있잖아**."

21

애비

 펠리시아가, 아니 제시가 그렇게 쉽게 나를 속였다니 믿을 수 없다.

 얼어붙은 호수에서 부모님이 익사하는 모습을 봤다는 말을 듣고 얼마나 안쓰럽게 여겼는데, 다 꾸며 낸 이야기였다니.

 나는 너무 화가 나서 폭발할 것만 같았다.

 걔를 믿은 나한테도 화가 났다! 어쩜 그리 남한테 잘 속는지! 나랑 비슷한 일을 겪은 단짝 친구를 너무 바라서 그랬던 걸까. 하지만 제시는 그런 친구가 아니다. 구스타보 말이 맞다. 제시는 아직 아빠가 **살아 있다**. 아빠를 못 만나면 어때? 앞으로 어떻게 변할지 모르잖아. 우리는 소중한 사람을 다시 만날 기회를 영영 잃어

버렸다.

유진 선생님은 손수건으로 이마의 땀을 닦았다.

"아까 말한 대로, 이 일을 어떻게 처리할지 여러분에게 맡길까 합니다. 제시, 아이들이 어떤 일이 일어났고 어떻게 해결하길 원하는지 의논하는 동안 교실 밖에서 기다리렴."

제시는 자기 자리에서 일어났다.

"펠리시아 시마토프스키인 척해서 미안해. 그러지 말 걸 그랬어. 그리고 분명히 말하는데, 나 진짜 블루치즈 드레싱 좋아해."

내 옆을 지나갈 때 제시는 작게 속삭이고 나서 다른 아이들을 바라보았다.

"밖에 있을게."

제시는 교실 옆 복도로 나갔다.

나는 문을 닫으려고 일어나서 제시 머리가 보이는지 살펴보았다. 내가 용서할 수 없다는 사실을 알리고 싶었다.

유진 선생님은 두 손을 깍지 껴서 테이블 위에 올리더니 손가락 마디를 꺾어 소리를 냈다.

"우선, 여러분에게 사과드리겠습니다. 오늘 일은 절대로 일어나면 안 되는 일이었어요. 여기는 **여러분**의 치유 모임입니다. 여러분 결정에 따르겠습니다. 어떻게 느꼈는지 이야기해 봅시다."

내가 제일 먼저 말하겠다고 나서다니 나 스스로도 놀라웠다.

"제시를 용서할 수 있을지는 잘 모르겠어. 제시가 처음에 한 이야기를 곧이곧대로 믿다니 내가 한심한 바보 같아."

펠리시아를 제시라고 부르니 어색했다.

"우리 모두 쟤를 믿었어."

앙투안이 말했다.

"난 아냐. 하지만 그 휴대 전화 일은 곧바로 알릴 걸 그랬어. 고 자질쟁이가 되기 싫었지만."

크리스토퍼가 말했다.

"너희는 어떤지 모르겠지만, 나는 좀 안쓰러워. 제시가 잘못하 긴 했지만 다시는 아빠를 못 보게 되어서 슬플 것 같아."

구스타보가 이렇게 말하자 나는 반박했다.

"그건 전혀 달라. 너도 제시네 아빠는 아직 살아 있다고 얘기했 잖아. 여기는 사랑하는 이의 **죽음**을 애도하는 아이들의 치유 모임 이야."

"무슨 다큐멘터리를 만들려고 한 거래?"

앙투안이 묻자 크리스토퍼가 콧방귀를 뀌었다.

"지금 무슨 다큐멘터리인지 따질 때가 아니잖아. 제시가 저지 른 일은 명백히 범죄야. 신원 도용이라고."

구스타보가 손을 들었다.

"신원 도용은 누가 신용 카드를 훔쳤을 때 얘기야. 우린 어려서 아직 신용 카드가 없어."

나는 아직도 제시의 말을 믿은 내가 멍청하다는 생각이 들었다.

"나는 제시를 내보내자는 데 한 표야. 걘 거짓말쟁이야. 우리랑 같이 있으면 안 돼."

유진 선생님은 할 말이 없는지 지켜보다가 다 되었다는 표정으로 말했다.

"좋아, 그럼 투표를 하겠습니다. 테이블 위로 고개를 숙이세요. 그러면 다른 사람의 표에 영향을 받지 않을 테니까요."

우리는 모두 고개를 숙였다.

"제시를 이 치유 모임에 남기자는 사람?"

나는 두 손을 테이블에 그대로 두었다.

내 맞은편에서 움직이는 소리가 들렸다. 나는 이마를 테이블에 붙인 채 고개를 돌렸다. 맞은편 테이블 위에 그대로 있는 손 두 개가 보였다.

"손 내려놓으세요."

선생님 목소리만으로는 누가 손을 들었는지 모르겠다.

"제시를 내보내야 한다는 사람?"

"저요!"

나는 바로 입을 막고 손을 들었다. 다른 아이들이 손 드는 소리도 들렸다. 만장일치인가?

"하나, 둘, 셋. 이제 모두 바로 앉으세요. 결정이 났습니다. 여러분 중 세 명이 제시를 내보내자고 했어요. 한 명은 남기자고 했고요. 다수결의 원칙으로 정하겠습니다. 제시를 교실로 불러서 결과를 알리겠습니다."

유진 선생님이 소식을 전하는 동안 제시는 고개를 숙였다. 제시가 남아도 된다고 한 사람이 누구인지는 알리지 않았다.

"이 건물을 나가기 전에 약속하렴. 치유 모임에서 들은 이야기는 모두 비밀에 부치겠다고 말이다. 약속할 수 있니?"

"네, 약속할게요."

"약속은 누구나 해. 문제는 네가 지킬 수 있느냐지."

크리스토퍼 말에 제시는 꾹 참으며 대답했다.

"지킬게."

"약속해 줘서 고맙다. 부모님이 이혼한 아이들을 지원해 주는 모임도 있어. 이메일 주소를 알려 주면 그런 모임을 운영하는 상담사들을 소개해 주마. 도움이 될 거야."

"이혼 가정 아이들을 위한 다큐멘터리를 찍으면 되겠네."

크리스토퍼가 중얼거렸다.

"알려 줘서 고맙다. 아주 감사해."

제시는 옷을 가방에 챙겨 넣고는 반쯤 꾸민 자기 가면을 집었다. 가면 안쪽은 어떻게 꾸미려고 했을까?

우리는 제시가 테이블 위에 쌓인 휴대 전화 더미에서 자기 휴대 전화를 집어 가는 모습을 지켜보았다. 풀이 죽어 슬그머니 빠져나갈 줄 알았는데, 제시는 휴대 전화 화면을 보며 메시지를 확인하더니 가방에 넣었다. 그 모습을 보고, 나는 제시가 진심으로 미안해하지 않는다고 생각했다.

"여러분 모두 만나서 반가웠어요."

제시는 조용히 말했다. 진심인 것처럼.

안 속는다. 미안한 척 연기하는 게 틀림없으니까.

나는 제시가 나가는 모습을 외면했다. 제시가 학교를 떠날 때까지 우리는 아무 말도 하지 않았다.

크리스토퍼가 선생님과 눈을 맞추더니 이렇게 말했다.

"제 휴대 전화 좀 써도 될까요?"

"왜? 네가 휴대 전화 사용하지 말자고 하지 않았니?"

선생님이 말했다.

"조사 좀 하려고요. 제시 타워스의 인스타그램을 확인해야 할 것 같아요."

순간 크리스토퍼가 무슨 생각을 하는지 알 것 같았다. 어제 거리에서 제시를 알아봤던 여자아이가 인스타그램 어쩌고 했었다. 제시의 글이 **웃기다고** 했던가. 나는 한숨을 내쉬었다.

"나도 볼래."

내가 말했다.

"계정은 비공개일 거야."

앙투안이 말했다.

"그래, 알겠다. 이런! 나도 궁금하구나."

유진 선생님은 모두에게 휴대 전화를 돌려주고는 선생님 휴대 전화도 꺼냈다.

"구글에 들어가서 인스타그램을 치면 되니?"

"인스타그램 앱을 켜야 해요. 제가 해 볼게요. 여기 있네요. 제시 타워스, 몬트리올. 계정은 공개로 되어 있어요. 와! 팔로어가 천 명이 넘네!"

앙투안이 휘파람을 불었다.

나도 내 휴대 전화로 제시의 인스타그램을 찾아보았다. 자기 엄마랑 찍은 사진도 있었다. 제시가 보여 줬던 결혼사진 덕분에 알 수 있었다. 제시가 친구랑 혀를 쭉 내밀고 카메라를 보며 웃는 사진도 있었다. 나는 잠깐 샘이 났다. **내** 친구이기를 바랐는데. 가짜라는 걸 알기 전까지는 그랬다.

나는 화면을 움직이면서 제시가 태그와 댓글을 남긴 사진을 보았다. 형광 주황색 비키니 수영복을 입은 통통한 여자아이 사진에는 비키니가 예쁘다는 등 주황색이 잘 어울린다는 등 칭찬이 대부분이었다. 제시의 댓글만 빼고. "즐거운 핼러윈! 어둠 속에서 호박이 빛이 나네." 제시의 댓글과 **호박**이라고 강조한 내용을 보니 나도 모르게 눈살이 찌푸려졌다.

그때 크리스토퍼가 소리쳤다.

"페이스북도 공개로 해 놨어. 많이 올리진 않았네. 다큐멘터리 영화제가 연결되어 있어. 점점 흥미로워지는걸."

"뭐가 있는데?"

구스타보가 물었다.

"얘가 『사이콜로지 투데이』의 기사를 링크해 놨어. 제목은 **사람들이 마음을 열게 만드는 법**."

구스타보가 크리스토퍼 어깨 너머로 기사를 읽으려 했다.

"뭐래?"

크리스토퍼는 글에 집중하느라 구스타보 말을 듣지 못한 듯했다. 구스타보가 쿡 찔렀다.

"그래서 뭐래?"

"**법칙 하나, 동정심을 일으켜라. 인생의 고난을 겪은 경험을 함께 나누면 좋다.**"

크리스토퍼가 큰 소리로 기사문을 읽었다.

"그래서 유진 선생님이 우리에게 노숙했던 경험을 얘기하신 거잖아."

구스타보가 말했다.

"그래서 제시가 자기 부모님이 물에 빠지는 모습을 봤다고 얘기한 거잖아."

내가 덧붙였다.

"**법칙 둘, 그 사람과 자신의 공통점을 강조하라.**"

블루치즈 드레싱이네. 나는 속으로 생각했다.

"우리는 이용당했어. 너무 화가 나서 욕을 퍼부어 주고 싶어."

내가 아이들에게 말했다.

기사를 다 읽었는지 크리스토퍼는 자기 휴대 전화를 끄고는 테이블 중간으로 밀었다. 그러고는 말했다.

"나도 그래."

앙투안은 눈을 덮었던 앞머리를 헤집었다.

"걔를 내보내서 다행이야."

구스타보는 가만히 있었다. 제시를 남기자고 한 사람이 구스타보였나 보다.

유진 선생님이 한숨을 내쉬었다.

"다들 제시가 우리를 배신하고 이용했다고 생각하는군요. 그런 느낌은 우리를 화나게 합니다. 제시뿐만 아니라 제시한테 속은 우리 자신에게도 화가 날 거예요."

나도 제시가 지어낸 이야기보다 제시의 말을 믿은 나 자신에게 더 화가 났던 것 같다.

"화를 느끼는 건 잘못이 아닙니다. 주말 내내 우리는 자신의 감정에 귀를 기울이는 일이 얼마나 중요한지 이야기 나누었어요. 여러분의, 아니 우리의 분노도 마찬가지입니다. 제시가 정곡을 찌르고 갔는지도 모르겠습니다. 우리 안에 쌓아 두고 표출하지 않은 분노에 대해 생각해 보라고요."

나는 유진 선생님을 바라보았다.

"마치 좋은 일처럼 들리네요. 그럼 제시에게 고마워해야겠네요?"

선생님은 씩 웃었다. 농담이 아닌데.

"애비, 네 안에서 뭔가 일어나고 있는 것 같구나. 자, 여러분, 어찌됐든 우리는 다음 활동으로 넘어가야겠습니다. 더 하고 싶은 이야기가 있다면 언제든 다시 얘기하겠습니다."

나는 제시에 대해 전부 잊고 싶었다.

"다음 활동이 뭐예요?"

내가 물었다.

활동이라는 말은 좀 우스꽝스러웠다. 선생님이 이번에는 **자기** 이야기가 아니라 옆자리 친구의 이야기를 해 보라고 했다. 공감을 쌓는 활동이라고 했다.

"자신만의 삶에서 벗어나 다른 누군가의 삶으로 들어가 보겠습니다."

선생님이 설명해 주었다.

제시가 머릿속에서 떠나지 않았다. 다른 사람의 삶에 들어가 보라는 말에 나는 제시와 제시가 꾸며 낸 자기 자신과 부모님 이야기가 떠올랐으니까. 거짓말쟁이들은 다 상상력이 뛰어난 사람들인가 싶었다.

"크리스토퍼부터 시작해 볼까요?"

크리스토퍼는 바로 옆자리에 앉은 내 이야기를 했다.

"애비 엄마는 3월에 돌아가셨어요. 심장이 쇠약해지는 바이러스에 걸렸고요. 심장 이식 수술 대기자였지만, 제때 수술을 받지 못했어요."

크리스토퍼가 한숨을 내뱉었다. 누가 내 이야기를 해 주니까 신기하게도 마음이 편해졌다. 동시에 엄마가 새 심장을 받을 때까지 버티지 못했다는 생각에 화도 났다.

"내가 잘 얘기했어?"

이야기를 마치고 나서, 크리스토퍼가 나에게 물었다.

"응, 고마워."

나는 눈을 감았다. 아무도 모르는 비밀 때문이다. 엄마보다 내가 먼저 바이러스에 걸렸었지. 나는 생각을 떨쳐 내려 했다.

구스타보가 크리스토퍼의 이야기를 너무 짧게 끝내는 바람에 나는 조금 놀랐다. 구스타보도 말하기 힘든 모양이었다.

"크리스토퍼네 아버지는 구급대원이었어요. 사람을 많이 구하셨어요. PTSD, 외상 후 스트레스 장애에 걸렸는데 어떻게 도움을 청해야 할지 모르셨어요."

구스타보는 잠시 말을 멈추고 나서 두 번 침을 삼켰다.

"약물 과다 복용이었어요. 크리스토퍼가 발견했고요."

나는 앙투안 이야기를 시작했다.

"앙투안은 죽은 동생을 발견했어요. 빈센트는 겨우 삼 개월 아기였는데, 영아 돌연사 증후군으로 죽었어요. 앙투안은 **마망**하고 엄마하고 살아요. 앙투안 엄마는 우울증, 아니 깊은 상실의 슬픔에 잠겨 있어요."

모니터 얘기는 하지 않았다.

앙투안은 구스타보 이야기를 했다.

"구스타보는 이번 치유 모임이 삼 년째입니다. 구스타보의 아빠는 전혀 담배를 피우지 않으셨는데 폐암으로 돌아가셨어요. 여동생이 하나 있는데 이름이 커밀라예요."

앙투안이 구스타보의 눈을 바라보았다.

"내가 뭐 빼먹었어?"

"유진 선생님 조수라는 말을 해 줘."

구스타보가 대답했다.

"안 해도 되겠네! 네가 방금 말했잖아."

내가 말했다.

"유진 선생님 이야기는요? 누가 할까요?"

앙투안이 묻자 우리는 주위를 둘러보았다.

"다 같이 하는 게 어때요?"

내가 제안했다.

"좋은 생각이다, 애비."

선생님은 이렇게 대답하고는 의자에 등을 기대고 앉아서 귀를 기울였다.

크리스토퍼가 시작했다.

"유진 선생님의 어머니는 암에 걸려서 오랫동안 아프셨어요."

앙투안이 뒤를 이었다.

"선생님은 식구 중에 가장 나이가 어렸어요. 다른 가족들은 유진 선생님이 너무 어려서 상황을 이해하지 못할 거라고 생각했어요. 그래서 아무것도 설명해 주지 않았대요. 선생님은 어머니와 작별 인사를 나누지도 못했어요. 슬퍼할 기회도 없었어요."

"그 후에 아주 힘든 시간을 보냈어요."

내가 막 그 힘든 시간에 관해서 설명하려는데 구스타보가 가로챘다.

"선생님은 길거리에서 생활했어요. 유진 선생님이 슬픔을 받아들일 수 있게 되자 다 잘되기 시작했어요. 선생님이 다니던 상실 치유 모임에서 부인도 만나고 쌍둥이 자녀도 생겼어요."

내가 말하려는데 또 구스타보가 끼어들었다. 구스타보는 손을 번쩍 들고 말을 이었다.

"자녀는 두 명입니다."

나는 짜증이 났다.

"쌍둥이잖아! 말하지 않아도 둘인 거 다 알아!"

22

크리스토퍼

우리는 가면의 안쪽을 꾸몄다. 유진 선생님은 나에게 잡지 한 묶음을 더 갖다주었다.

잡지를 하나 집어 넘기다가 창밖을 바라보았다. 제시가 버스 정류장에 앉아 있었다. 버스 한 대가 서자 시야가 가려졌다. 버스가 떠나면 빈자리만 남겠다고 생각했지만 제시는 그대로 있었다.

나는 잡지를 보다 말고 캐비닛에서 종이를 꺼내 제시에게 받을 각서를 썼다. 약속을 지키겠다고 말했지만, 나는 못 믿겠다.

나, 제시 타워스는 2018년 5월 5일부터 6일까지 있었던
상실 치유 모임에 나온 누구의 개인 정보도 이용하지 않겠습니다.

_____(서명)
증인 _____(서명)

앙투안이 내 어깨 너머로 보더니 물었다.

"그게 뭐야?"

"보험."

애비가 문서를 큰 소리로 읽었다.

"변호사가 쓴 것 같아. 그런데 어떻게 제시에게 전해 주려고? 집에 갔잖아."

"아냐, 아직 있어."

나는 창밖을 가리켰다. 다른 아이들도 창밖을 바라보았다.

"버스 기다리는데?"

구스타보가 말했다.

"아냐. 방금 버스가 왔는데도 안 탔어."

내가 아래층으로 내려가자 제시는 아직도 정류장에 있었다. 나를 보고 손을 흔드는 모습으로 보아 내가 자기를 다시 치유 모임에 불러들일 줄 알았나 보다. 나는 제시에게 각서와 펜을 건넸다.

"여기에 서명해."

나는 제시가 각서를 다 읽고 서명할 때까지 말없이 기다렸다.

제시가 나에게 각서와 펜을 돌려주자 나는 **증인** 칸에다가 내 이름을 쓰고 서명했다. 그러고 나서 안녕이라는 인사도 없이 학교로 돌아왔다.

이제 내 가면 안쪽을 어떻게 꾸밀지 생각하면 되겠지.

하지만 다시 잡지를 집어 들어도 내가 무엇을 찾는지 알 수 없었다. 바깥쪽처럼 똑같이 글자들을 찾아서 오려 붙이기는 싫었다.

내 겉모습은 강하다. 사람들이 보는 나는 조용하고 논리적이다. 체스 선수라서 그럴지도 모르겠다.

하지만 내면은 어떨까? **가면을 벗으면, 나는 어떤 사람일까?**

답을 모르겠다. 가면의 겉모습에 익숙해져서 속에 있는 진정한 나를 잊은 건 아닐까?

나는 여성 잡지를 들추었다. 털 달린 코트와 망토를 입은 모델 사진이 보였다. 마지막 장에는 알록달록한 채소 샐러드와 파스타 요리 사진이 조리법과 함께 실려 있었다. 잡지를 내려놓으려는데 비타민 광고가 눈에 띄었다. 하얗고 동그란 알약과 약병이 함께 있는 사진이었다. 나는 알약을 오렸다.

가면의 안쪽에다 방금 오린 알약 사진을 붙이고 빨간 사인펜으로 바탕을 색칠했다. 빨강은 피 색깔이다. 아빠를 발견한 지하실에 피는 없었다. 피가 있었다면 더 힘들었을지도 모르겠다. 빨간 배경 색과 약병은 나의 내면이 느끼는 감정과 얼추 비슷했다.

가면 바깥쪽에서 나는 강해져야만 한다.

가면 속의 나는 슬퍼서 아프다.

어제는 다른 아이들이 각자의 가면을 어떻게 꾸미는지 궁금했지만, 오늘은 아니다. 오늘은 내 가면의 겉과 속에 대해 생각하느라 분주했다. 나는 과연 가면 없이 지낼 수 있을까?

가위로 종이 자르는 소리와 사각거리는 사인펜 소리, 하얀 딱풀 냄새 때문에 초등학교 다닐 때가 생각났다. 처음으로 치유 모임에 와서 다행이라는 생각이 들었다.

아빠의 자살 이야기를 남들에게 말하기가 정말 힘들었지만, 막상 말하고 나니 마음이 편해졌다. 유진 선생님이 옳았다. 아빠의 자살을 꼭꼭 숨기는 건 나에게 너무 큰 짐이었다.

내 가면의 바깥쪽을 바라보았다. 오려 붙인 글자들과 역기 사진을 찬찬히 살펴보았다. 꿈에서 아빠가 나에게 했던 말이 떠올랐다. 내가 듣기에는 너무 무겁다고 했던 말을.

목구멍에서 뭔가 울컥 치밀었다.

아빠가 무척 보고 싶다.

나는 언제까지고 아빠가 그리울 것 같다.

눈물이 흘렀다. 아무도 내가 우는 모습을 보지 않았으면 싶었다. 어디를 봐야 할지 모르겠어서 나는 유진 선생님과 구스타보가 테이블에 깔아 둔 신문을 내려다보았다. 네다섯 겹은 되었다. 학교 기물을 파손시키면 배상을 해 줘야 하니까 유진 선생님이 신경을 쓴 모양이었다.

팔꿈치로 맨 위에 깔린 신문을 밀어 내자 바로 밑에 있던 신문이 드러났다. 이 학교 누군가가 모아 둔 신문인지, 날짜가 작년 7월이었다. 엄청나게 굵은 글씨의 기사 제목이 눈에 띄었다. **20번 도로 연쇄 추돌 사고로 4명 사망.** 그리고 기사 제목 아래에는 그보다 덜 굵은 글씨로 여성 1명 위독이라고 쓰여 있었다.

나는 기사를 읽기 시작했다.

분명 끔찍한 사고였을 것이다. 유압 절단기를 써서 차 안에 있던 생존자 한 명을 구출해 냈는데 생존자의 이름은 돌로레스 리들리였다. '조스'라고도 불리는 이 유압 절단기는 차량에 갇힌 사람을 꺼낼 방법이 없을 때 차체를 잘라 내는 장비다. 리들리 부인의 남편과 두 명의 동승자는 즉사했다. 그 차와 충돌한 트럭 운전사도 사망했다.

나는 기사를 다 읽고 나서 연관 기사를 찾아보았다. 돌로레스 리들리 부인이 회복했는지 궁금했다. 바로 밑에 2017년 6월 신문 두 개가 있었다.

드디어 나는 2017년 7월 셋째 주 신문을 찾았다. 4쪽 맨 아랫부분에 조그맣게 기사가 나 있었다. 제목은 **추돌 사고 생존자 회복 중**이었다.

리들리 부인의 트라우마에 대해 담당 의사가 언급한 내용도 있었다. **돌로레스 리들리 부인은 안정을 찾았습니다. 중환자실에서 일반 병실로 옮겨졌고 몇 주 더 입원해야 하지만 위험한 고비는 넘긴 것으로**

보입니다.

"굉장하다!"

나는 소리 내어 말했다.

앙투안은 자기 가면을 얼굴에 쓰고 있었다. 좋아하는 비디오 게임이 그려진 가면 너머로 나를 바라보며 말했다.

"뭐가 굉장해?"

나는 내 앞의 신문 기사를 가리키며 말했다.

"유압 절단기가 뭔지 알아?"

23

애비

    나는 내 가면 바깥을 느낌표로 도배했다. 사인펜을 쓰다가 크리스토퍼가 잡지에서 글자를 오리는 모습을 보고 나도 저렇게 해야겠다 마음먹었는데, 문제는 『타임즈』와 『맥클린』 같은 진지한 시사 잡지에는 느낌표가 별로 없다는 거다. 유진 선생님에게 『내셔널 인콰이어러』 같은 가십 기사로 가득 찬 잡지가 있다면 좀 수월했을 텐데. **인간 여성, 코끼리 아기 출산!!! 엘비스 프레슬리, 마지막 콘서트 위해 부활!!!** 이런 기사들 말이다.

    느낌표는 내가 농담하는 모습을 나타낸다. 구스타보 말이 맞을지도 모르겠다. 뭐, 싸움질보다는 비꼬는 농담질이 나으니까. 나는 화가 날 때 농담을 던진다. 그러면 마음이 편해지고 농담이 날

보호해 주는 것 같다. 집을 지을 때 단열재로 한 번 더 층을 만드는 것처럼. 난 겹겹이 싸인 여자아이니까.

그 안에는 뭐가 있냐고?

나 자신에게 그런 질문을 던지는 것만으로도 화가 난다. 농담으로 비꼬고 싶다. 하지만 유진 선생님의 말대로 했다. 선생님의 충고를 따른다고 해서 그 말을 인정한다는 뜻은 절대 아니다.

그러자 답을 찾았다. 내 가면 안쪽에는 두려움이 있다. 이미지로 표현하자면, 두려움은 차갑고 하얗다. 그래서 나는 가면 안쪽에다 눈송이와 내 얼굴을 닮은 눈사람을 그렸다. 농담하는 게 내 두려움을 인정하는 것보다 훨씬 쉽기는 하지만. 엄마한테 일어난 일이 아빠한테도 생길까 봐 무섭다. 나도 그렇게 될까 봐 겁난다. 두렵다는 말은 아무에게도 한 적이 없다. 내가 엄마한테 바이러스를 옮겨서 심장을 망가뜨린 이야기도 그렇다. 그래서 나는 가면의 안쪽에 하트와 그것을 관통하는 화살도 그렸다. 내 '눈 소녀'에게 활과 화살을 쥐여 주었다. 내 가면 속 모습은 다른 아이들에게 보여 주지 않을 거다.

그림을 그리는 데 몰두하느라 재미있는 대화를 놓칠 뻔했다. 크리스토퍼가 신문 기사를 읽었는데, 끔찍한 사고로 차에 갇힌 여자를 구급대원들이 유압 절단기를 써서 구출했다고 한다.

"구급대원들은 정말 최악의 상황에서만 유압 절단기를 써."

크리스토퍼가 설명했다.

다들 유압 절단기를 왜 '조스'라고 부르는지 궁금해했다. 유진 선생님까지도 말이다. 구스타보가 첫 번째 기사를 읽기 시작했다.

"유일한 사고 생존자, 돌로레스 리들리(43세)는 남편 칼이 운전하던 자동차에 갇혔다. 칼 리들리(45세)는 차에 같이 타고 있던 두 명의 동승자 레알 티보도(46세)와 데니즈 샴플랭(47세)과 함께 사고로 숨졌다. 함께 충돌한 트럭 운전자 움베르토 스피노(57세) 역시 사고로 사망했다. 구급대원들은 유압 절단기를 써 돌로레스 리들리를 차량에서 구조했다. 퀘백 구급 구조국 대변인 로저 데이비드에 따르면, 구급대원이 개입하지 않았다면 리들리 부인은 차에서 사망했을지도 모른다고 한다. 리들리 부인은 맥길 대학 병원으로 옮겨졌으나 위중한 상태다."

두 번째 기사에서는 트라우마 전문 의사가 리들리 부인을 중환자실에서 다른 병실로 옮겼으며, 살아남을 확률이 높아졌다고 말했다.

정신을 차리고 보니 남편이 죽고 혼자만 살아남았다면, 어떤 기분일까. 리들리 부인에게 아이가 있는지는 기사에 나오지 않았다.

다른 아이들은 유압 절단기에 관한 이야기를 하고 있었다.

구스타보가 크리스토퍼를 보고 말했다.

"너희 아빠가 리들리 부인을 차에서 구조했어?"

크리스토퍼는 고개를 저었다.

"우리 아빠는 이 사고가 일어나기 전 해 여름에 자살했어."

"방금 생각난 건데, 너희 아빠가 다른 구급대원도 가르쳤다고 하지 않았어? 어쩌면 너희 아빠한테서 훈련 받은 사람들이 리들리 부인을 구했을지도 몰라."

구스타보가 말했다.

"그럴 수도 있지. 분명 그랬을 거야."

크리스토퍼가 말했다.

"리들리 씨하고 다른 동승자 두 명이랑 트럭 운전사는 죽음이 무서웠을까?"

앙투안이 말했다.

"모르지. 사고로 즉사했다면 무서워할 시간도 없었겠지."

내가 말했다.

"나는 죽는 게 무서워. 우리 파피도 무서웠을 거야."

"우리 문화에서는 사람들 대부분이 죽음을 두려워합니다."

"선생님도 그래요?"

구스타보가 물었다.

유진 선생님은 턱을 만지작거렸다.

"죽음이 무섭지는 않지만, 지금은 갈 때가 아니라고 생각해요. 아직 할 일이 많거든요."

"아이들을 돕는 일처럼요?"

구스타보가 선생님에게 물었다.

"아이들을 돕는 일처럼요. 그리고 다른 일도 있고요."

24

크리스토퍼

　유진 선생님은 **라잉 다운**이라는 활동을 하겠다며 남자아이들에게 테이블을 교실 한쪽 끝으로 옮기라고 했다.

　"남자애들한테만 테이블을 옮기라고 하다니 성차별이에요. 나는 왜 안 시켜요?"

　애비가 말했다.

　앙투안과 나는 테이블에서 손을 뗐다.

　"좋은 지적이야, 애비. 네가 해."

　내가 말했다.

　구스타보는 어깨를 으쓱거리더니 전통적으로 칠레 남자들은 힘든 일 하는 걸 당연히 여긴다고 중얼거렸다.

"아빠가 돌아가시고 나서부터는 너희 엄마가 힘든 일을 많이 하셨을 거야."

애비가 말했다.

그리하여 애비와 구스타보가 테이블을 옮겼다.

"남학생들하고 같이 누워도 괜찮겠니?"

선생님이 애비한테 물었다.

"물론이죠! 힘든 일도 아니잖아요. 뭐든 시키세요."

"**라잉 다운**은 누워서 하는 활동인데, 일부러 둘째 날에 잡았어요. 지금까지 여러분이 흡수한 내용을 통합하도록 도와줄 거예요. 미리 알려 두겠지만, 그리 즐거운 활동은 아닙니다."

"제시가 없어서 아쉽네요. 라잉*은 걔 특기인데."

애비가 말했다.

구스타보는 요가 매트를 꺼낸 뒤 말했다.

"나는 제시 생각이 계속 나. 걔도 미안하다고 했잖아. 크리스토퍼가 준 각서에 사인도 했고."

애비는 팔을 뒤로 쭉 늘였다. 테이블을 옮기느라 팔이 뻐근했겠지.

"우리가 걔를 용서해야 한다는 말이야?"

---

* lying: 영어 동사 lie에는 '눕다'와 '거짓말하다'라는 두 가지 뜻이 있다. 애비는 '거짓말하다'는 뜻으로 이 단어를 사용했다.

애비가 물었다.

"용서하면 어떨까 **고려해** 보자는 말이야."

구스타보가 말했다.

눕기 활동은 쉬워 보였다. 누워서 손바닥을 위로 향하게 하고 긴장을 풀면 끝이었다.

선생님은 전등을 끄고 블라인드를 내렸다. 아직도 제시가 버스 정류장에 앉아 있는지 궁금했다. 구스타보 말처럼 할 수 있을까? 용서를 **고려해** 보자고? 나는 못 할 것 같다.

구스타보가 누우면서도 손을 들고 말하려는 모습에 나는 웃음이 났다.

"선생님, 눈은 감아요? 아니면 뜨고 있어요?"

"상관없습니다."

유진 선생님은 다른 어른들처럼 이게 옳다, 저건 틀리다 하는 식으로 세상을 가르지 않았다. 나는 선생님의 그런 점이 가장 마음에 들었다.

구스타보는 고개를 내 쪽으로 돌렸다.

"뭐가 웃겨?"

"네 팔 좀 봐."

"아, 이건 좀 웃기네."

구스타보는 팔을 내렸다.

"그것도 칠레 남자들 방식인가 봐."

애비가 매트에 누워서 말했다. 자기 농담이 재미있는지 키득거렸다.

조용히 하라고 말할 줄 알았는데 선생님은 아무런 제지도 하지 않았다. 교실은 곧 조용해졌다. 주변 소리가 유달리 크게 느껴졌다. 셔브룩 거리를 씽 하고 달리는 자동차 소리며 바람에 흔들리는 창문 소리도 그랬다.

유진 선생님도 매트에 누웠다. 선생님도 우리와 함께 눕기 활동을 하려 한다는 것을 알 수 있었다.

"기분이 이상해요. 정확히 뭘 해야 해요?"

애비가 말했다.

나도 궁금했다.

"아무것도 하지 않습니다. 그게 핵심이에요. 우리가 느끼는 감정에 가만히 닿아 보는 겁니다."

어제라면, 내 감정에 가만히 닿아 보는 일 따위에는 관심 없다고 말했을 것이다. 하지만 오늘은 조금 다르게 느껴졌다. 애비 말처럼 기분이 좀 이상했다. 하지만 침묵 산책을 하고 가면을 만드는 활동도 이상하긴 마찬가지였다. 이러한 활동들은 뭐랄까, 전혀 쓸모없는 일이 아니었다.

유진 선생님의 숨소리가 쌕쌕거렸다. 꽃가루 알레르기인가? 그렇다면 내가 그걸 이제야 알아차리지는 않았을 텐데.

"손가락을 펴 보세요. 힘을 빼고 느긋하게 쉬세요. 슬픔에 잠긴 사람들은 긴장을 풀어 주어야 합니다. 그리고 항복하세요."

선생님이 설명했다.

나는 **항복**이라는 단어를 좋아한다. 어렸을 때는 집 앞 공터에서 친구들과 군대 놀이를 했다. 부모님은 그 놀이를 좋아하지 않았다. 아이들 놀이답지 않다고 생각해서였다. 우리는 물총과 플라스틱 칼을 무기로 사용했다. 목표는 상대방을 항복시키는 거였다.

체스 선수가 시합에서 지면 자기 킹을 체스판 옆에다 내려놓는다. 항복 선언이다.

"자신의 호흡에 집중하세요."

유진 선생님의 목소리가 깊은 물속에서 들리는 듯했다. 숨소리는 여전히 쌕쌕거렸다.

나는 평소보다 더 깊게 숨을 들이마셨다 내쉬었다. 내 방 침대와 어젯밤 꿈을 떠올렸다. **할 수 있었는데, 할 걸 그랬어, 그랬을 텐데, 만약 그랬다면 어땠을까.** 이런 말들로 괴로워했던 날들도 생각했다. 유진 선생님 말대로 언젠가는 이런 생각들에서 벗어나게 되면 좋겠다.

긴장을 풀어 주는 활동이 맞나? 어딘가 가려워 긁고 싶은 기분이다. 딱지가 앉아 가려운 데를 긁을 때처럼 살짝만 긁어 볼까? 너무 세게 긁으면 피가 나서 처음부터 다시 치료해야 할지도 모른다.

"자신에게 너그러워지세요."

유진 선생님이 속삭였다.

나는 손톱으로 딱지를 긁지 않는다. 살살 문질러서 가려운 곳을 달래 준다. 아빠가 PTSD였다는 사실을 **알아야 했어.** 아빠를 도울 **수 있었는데.** 좀 더 일찍 지하실에 내려가 **봤다면,** 달라졌을 거야. 그날, 내가 엄마 말을 듣지 않고 지하실로 내려갔**더라면,** 아빠의 자살을 막을 수 **있었을까?**

나는 한 번 더 깊이 숨을 들이마셨다가 내뱉었다. 그런 건 중요하지 않다. 아빠는 죽었다. 내가 바꿀 수 있는 건 아무것도 없다.

교통사고 잔해에서 구급대원 두 명이 유압 절단기로 자동차를 자르고 돌로레스 리들리 부인을 꺼내는 모습을 상상해 보았다. 구스타보 말처럼 아빠가 그 구급대원들의 훈련을 도왔을 거다.

그렇다. 아빠는 외상 후 스트레스 장애로 자살했다. 그렇다. 나는 평생 그 사실을 안고 살아가야 한다.

하지만 나는 잊고 있었다. 그 신문 기사가 나를 일깨워 주었다.

구급대원들은 영웅이다.

우리 아빠는 영웅이었다.

25

애비

항복?

농담이겠지.

몸이 막 나른해지는데 유진 선생님이 그 말을 했다.

항복한다는 말은 포기한다는 말과 같다. 누구나 다 아는 사실이다. 엄마는 나보고 절대 포기하지 말라고 가르쳤다. 엄마는 살려고 마지막 숨을 거두는 순간까지 싸웠다.

나는 벌떡 일어나 이렇게 말하고 싶었지만 참았다. 이미 열중한 다른 아이들의 활동을 망치고 싶지 않았다. 앙투안은 정말로 잠이 든 것 같았다.

고개를 돌리자 크리스토퍼가 보였다. 크리스토퍼는 속눈썹을 파르르 떨며 손바닥을 위로 향했다. 반대쪽에는 구스타보가 누워 있다. 처음에는 애도 잠들었나 했는데 나와 눈이 마주치더니 손을 흔들었다. 나도 손을 흔들어 답해 주었다.

유진 선생님은 우리에게 호흡에 집중하라고 말했다. 하지만 나는 선생님 숨소리가 신경 쓰였다. 어디가 안 좋은가 싶었다.

"힘을 빼고 편안히 숨을 쉬세요."

나는 엄마의 마지막 날이 떠올라서 그럴 수 없었다. 엄마는 무척 힘들게 숨을 쉬었다. 그래도 엄마는 절대로 포기하지 않으려 했다.

엄마는 병원에 입원하기 싫다고 했다.

"심장 이식 수술 받기 전에는 입원 안 할 거야."

늘 이렇게 말했다.

나는 아빠한테 엄마가 원하는 대로 집에 있게 해 달라고 졸랐다. 하지만 아빠는 엄마가 병원에 입원해야 한다고 고집을 부렸다. 엄마가 집에 있는 계단을 오르내리기 힘들어했기 때문이다. 화장실이 2층에 있는 바람에 엄마가 아래층에서 지낼 수는 없었다.

"엄마가 계단 오르내리는 걸 제가 도울게요. 엄마 뒤에서 따라 걸을게요."

아빠는 고개를 저으며 말했다.

"우리가 감당하기에는 너무 벅차, 애비."

그때, 난 불같이 화를 냈다.

"우리가 아니라 아빠한테 벅찬 거겠죠!"

그 당시에 엄마는 말을 많이 할 수가 없었다. 말을 하려면 너무 많은 기운이 필요했으니까. 하지만 내가 소리를 지르자, 엄마의 눈이 내 얼굴에서 아빠 얼굴로 왔다 갔다 했다. 엄마는 내가 아빠한테 사과하기를 바랐지만 나는 너무 화가 나서 그러지 않았다.

결국, 엄마는 쥬이시 종합 병원 별관에 입원해서 마지막 열흘을 보냈다. 그 병원을 지날 때면 나는 고개를 돌린다. 엄마가 죽은 6층 병실 창문으로 눈이 갈까 봐 겁이 났다.

병실의 좁은 침대나 오줌과 다른 것들로 가득 차 지린내 나는 변기보다 더 싫었던 것은, 병원 복도에 걸린 사진이었다. 만년설 산봉우리와 무지개가 걸린, 아주 짜증나는 사진이었다. 누가 걸었는지 모르겠지만, 환자뿐만 아니라 나처럼 면회 온 사람들에게 기운을 북돋워 준답시고 걸어 둔 모양이었다. 사랑하는 사람이 죽으면 무지개를 건너 하얀 가운을 입은 노인이 하얀 수염을 휘날리며 반겨 주는 곳으로 간다는 희망을 주려고. 그런 일은 절대로 일어나지 않는다. 어떻게 아느냐고? 만약 신이 **있다면**, 나 때문에 우리 엄마가 바이러스에 감염되지 않았겠지. 바이러스 때문에 심장이 약해지지도 않았을 테고, 심장 이식 수술도 제때 받았을 테니까.

한번은 내가 사진을 보고 눈을 흘기자 엄마의 담당 간호사가 말했다.

"저 그림이 무얼 말하는지 아니? 모든 구름마다 무지개가 있대."

"무지개 따위는 집어치워요."

간호사는 놀란 표정을 지었지만 나는 사과하지 않았다.

엄마가 병원에 입원한 뒤에도 아빠는 나보고 계속 학교에 가라고 했다. 학교에 가는 게 무슨 소용인가 싶었다. 수업 내용도 귀에 들어오지 않았고 노트에 한 글자도 적지 않았으니까.

나는 종일 엄마 생각을 하면서 끝나는 종이 울리기만을 기다렸다. 종이 울리면 자전거를 타고 곧바로 병원으로 향했다. 병실에 들어갔더니 아빠가 엄마 침대 옆 의자에 앉아 신문을 읽고 있었다.

아빠가 사망 기사를 보는 줄 알고 나는 따졌다.

"왜 그딴 쓰레기 같은 걸 봐요?"

나는 화가 났다. 아빠가 엄마의 부고장에 쓸 말을 찾는다고 생각했다.

그때 처음이자 마지막으로 아빠가 우는 모습을 보았다. 아빠는 운 적이 없었다. 엄마가 바이러스에 감염되었을 때도, 엄마의 장례식 때도 아빠는 울지 않았다. 하지만 그날 병원에서 사망 기사를 보다 고개를 든 아빠의 얼굴에는 눈물이 흘렀다.

"누가 죽었나 보고 있었다. 너무 늦지 않고, 장기 기증을 신청한 사람이 있나 하고……."

아빠는 말을 끝까지 잇지 못했다.

"자기 자신에게 너그러워지세요."

유진 선생님 목소리가 들렸다.

내가 다른 사람이었다면 아빠를 위로했을까. 티슈 상자라도 건넸겠지. 아니면 못되게 굴어서 미안하다고 사과했을지도 모른다. 하지만 나는 그런 사람이 아니다.

나는 너그럽지 못하다.

특히 아빠한테는.

유진 선생님 말은 그게 아니었다. **자기 자신**에게 너그러워지라고 했다. 도대체 그건 어떻게 하는 걸까?

나는 엄마가 일요일에 죽은 걸 고마워해야 했다. 안 그랬으면 학교에 가서 수업이 끝나기만을 기다려야 했을 테니까. 엄마 살갗은 메마르고 창백해서 종잇장 같았다. 엄마는 눈을 뜰 기운조차 없었다.

아빠는 엄마 병상 한쪽 옆에 서고 나는 반대쪽에 섰다. 우리는 엄마의 두 손을 하나씩 잡았다. 엄마 손이 차갑고 메말랐던 기억이 난다.

"괜찮아, 도로시. 이제 가도 돼."

엄마는 말을 하지 못했지만, 베개 위로 고개를 천천히 저었다. 아직 갈 수 없다고, 새 심장을 받을 때까지 버티겠다고. 아직 항복할 준비가 안 되었다는 듯이.

"가지 말아요."

나는 말했다. 그러고 나서 그때까지 한 번도 해 본 적 없는 말을 했다. 나는 엄마한테 사랑한다고 말한 적이 없었다. 나는 엄마에게 내 곁에 있어 달라고 말했다. 나한테는 엄마가 있어야 한다고 했다.

엄마는 무슨 말을 하려 했다. 입술이 달싹거렸지만, 엄마는 말을 내뱉지 못했다. 그때 엄마 손이 축 늘어졌다. 엄마가 죽었다.

아빠는 엄마한테 가도 된다고 말하지 말았어야 했다. 엄마를 항복시키지 말았어야 했다.

어떻게 해야 너그러워질까? 나는 강하게 구는 법밖에 모른다.

나는 내 숨소리에 집중했다.

엄마는 강하면서도 너그러웠다.

내가 엄마처럼 될 수는 없겠지.

울음이 터져 나왔다. 아무래도 그칠 것 같지 않았다.

26

크리스토퍼

애비가 엉엉 우니까 뭘 어떻게 해야 할지 모르겠다.

체스 경기라면 이런저런 가능성을 고려해 보고 행동으로 옮길 텐데.

한 교실에서 여자아이가 저렇게 심하게 우는 모습을 지켜보는 일이 체스 경기보다 더 힘들었다.

유진 선생님이 라잉 다운을 어서 끝내 주었으면 했다. 아주 잠깐, 제시가 여기 있었으면 하고 바랐다. 같은 여자니까 뭐라도 하겠지 싶었다. 애비를 안아 주거나, 낯간지러운 말을 해 주거나.

하지만 제시는 여기 없다. 유진 선생님이 테이블 옮기는 일을 남자아이에게만 시켰을 때, 애비가 얼마나 화를 냈는지 생각해 보았다. 여자아이가 가구를 옮길 수 있다면 남자아이가 우는 여자아이를 달래 줄 수도 있지 않을까? 그런 경험이 전혀 없어도 말이다.

"여러분의 몸 어디에서 슬픔이 느껴지나요?"

유진 선생님이 물었다.

애비는 더 크게 흐느꼈다.

"우는 것은 좋습니다. 눈물은 슬픔을 내보내지요."

선생님이 조용히 말했다.

나약하니까 운다고, 더욱이 남자가 울면 남자답지 않다고 나는 늘 생각했다. 유진 선생님은 애비의 슬픔이 빠져나가도록 내버려두었다.

애비는 몸을 둥글게 말아 팔꿈치를 움켜잡고 흐느꼈다. 뭐든 해야겠다 싶어서 나는 애비에게 가까이 다가갔다. 애비는 자기 어깨를 문지르고 있었다. 어깨로 슬픔을 느끼는 모양이었다.

"애비."

무슨 말을 해야 할지 몰라서 이름만 불렀다.

애비는 여전히 흐느꼈지만 전보다는 소리가 잦아들어서 혹시라도 내가 도움이 되었나 싶었다. 나는 목이 메었다. 솔직히 나도 울까 봐 걱정이었다. 눈물이 옳는다고는 아무도 말해 주지 않았는데.

유진 선생님이 물어본 대로 내 몸 어디에서 슬픔을 느끼는지 찾아 보았다. 말도 안 되는 짓이라는 걸 머리로는 안다. 어떻게 몸이 슬픔을 느낄 수 있어? 하지만 나는 내 몸을 찬찬히 훑었다. 발가락을 꼼지락댔다. 괜찮다. 발가락으로는 슬픔을 느끼지 않았다. 종아리가 쑤셨지만 뛰기 전에 스트레칭을 안 해서겠지. 천천히 다리에서 배와 가슴으로 옮겨 가는 상상을 했다. 목에 다다르자 유진 선생님 말을 알 것 같았다. 여섯 살 때 편도선염에 걸렸을 때처럼 목이 화끈거리고 따가웠다.

나는 손을 내 목에 갖다 댔다. 갑자기 침도 못 삼킬 정도로 목이 아팠다.

"자기 자신에게 너그러워지세요."

아무런 설명 없이, 유진 선생님은 그렇게 말했다.

나는 애비가 어깨를 문지르듯이 목을 문지르지는 않았다. 그냥 두 손을 바닥에 내려놓고 누워서 슬픔을 내보내려 했다. 손바닥이 무거웠다. 우는 것 말고 다른 방법은 없을까?

"천천히 팔꿈치를 바닥에 대고 일어나 앉으세요."

유진 선생님이 말했다. 눈을 뜨라는 말이 없어서 나는 그대로 눈을 감고 있었다. 유진 선생님이 씩씩거리며 자리에 앉는 소리가 들렸다.

"염병할!"

선생님 목소리였다. 처음에는 잘못 들은 줄 알았다. **염병**이 욕설도 아니고, 유진 선생님이 국어 선생님처럼 말을 잘하지 않는다는 사실도 이미 알고 있다. 그래도 그런 말을 할 줄은 생각지도 못했다. 어쨌거나 치유 모임이니까.

눈을 떠 보니 유진 선생님이 움찔거리며 팔을 허우적대고 있었다. 나는 유진 선생님이 라잉 다운에 몰입해서 팔로 슬픔을 느끼나 보다 하고 생각했다. 하지만 아주 오래 전에 선생님의 어머니가 죽었는데, 아직까지도 몸이 상실감을 느낄 수 있을까?

한편으로는 선생님에게 무슨 일이 일어났나 싶었다. 뭔가 단단히 잘못되었다.

선생님은 우리에게 천천히 팔꿈치를 바닥에 대고 일어나라고 말했지만, 나는 매트에서 벌떡 일어났다. 선생님은 얼굴이 땀에 흠뻑 젖은 채로 가쁜 숨을 내쉬었다.

"선생님! 괜찮으세요?"

내 목소리에 두려움이 묻어났다.

선생님도 잔뜩 겁먹은 듯 보였다.

"내 팔하고……, 배가……, 아침에 먹은 게…….."

선생님은 무릎을 짚고 몸을 일으키려 했지만, 바닥에 쿵 고꾸라졌다. 턱에 침이 흘러 축축했다. 앞으로 넘어질 때 혀를 깨물었는지 입가에서 피가 흘렀다.

"**디오스 미오**! 세상에! 어떡하지?"

구스타보가 말했다.

"심장 마비 아냐?"

앙투안이 물었다. 선생님 얼굴은 핏기 없이 창백했다. 지하실에서 발견한 아빠 얼굴 같았다. 순간 지하실에 내려가 아빠를 찾아냈던 장면이 생생하게 떠올랐다. 나는 그 장면을 지우려고 눈을 깜박였다. 지금은 그 생각을 할 때가 아니다. 선생님에게 집중해야 한다.

어떤 힘이 솟구쳐 내 몸속을 타고 흘렀다. 갑자기 나를 둘러싼 주위의 모든 것들이 선명해지고 확대됐다. 누가 불을 켠 것 같았다. 유진 선생님은 눈을 감고 있었다. 뺨에는 땀이 흥건했다.

다른 아이들도 나와 선생님 주위로 모여들었다. 앙투안은 유진 선생님의 가슴에 손을 대 보더니 말했다.

"숨을 안 쉬어."

"그럼 죽은 거야?"

구스타보가 물었다.

애비는 선생님 쪽으로 몸을 숙이고 말했다.

"죽지 말아요! 죽으면 안 돼요!"

"누가 911에 전화해 줘, 당장."

내 목소리가 들렸다.

"유진 선생님에게 심장 마비가 왔다고 말해 줘."

내 목소리에서 두려움이 사라졌다. 어떤 대처를 해야 할지 잘 아는 사람의 목소리였다. 구급대원이라 하기에는 아직 어리지만, 나는 아주 오랫동안 구급대원과 함께 살았기 때문에 구급대원이라면 어떻게 행동할지 누구보다도 잘 알았다.

"내가 할게."

앙투안이 말했다. 나는 앙투안이 휴대 전화를 누르고 상담원과 통화하는 소리를 들었다.

"심장 마비가 온 사람이 있어요. 셔브룩 거리 로렌스 학교 2층이에요."

시간은 자꾸 흘렀다.

어제 아침, 학교에 들어올 때 봤던 제세동기가 생각났다.

"구스타보, 아래층에 가서 제세동기 좀 가져와 줘."

"제세동기가 뭐야?"

"행정실 문 옆에 걸린 하얀 상자야. 빨간 글씨로 **제세동기**라고 쓰여 있어. 얼른 가!"

나는 유진 선생님의 뺨을 때렸다. 아주 세게 때렸는데도 선생님은 깨어나지 않았다.

선생님의 셔츠를 벗겼다. 가슴에 난 털이 하얗고 구불거렸다. 흉부 압박을 하기 시작했다. 한 손 위에 다른 손을 포개어 놓고 심장 부위를 눌렀다. 서른 번 해야 한다.

"하나, 둘, 셋⋯⋯."

나는 소리 내어 수를 세었다.

옆에 있던 애비가 나를 따라 세기 시작했다.

"여덟, 아홉, 열⋯⋯."

애비가 같이 수를 세어 주어서 나는 속으로 기도할 수 있었다. 처음 해 보는 기도였다.

제발, 유진 선생님이 죽지 않게 해 주세요. 하나님, 어딘가에 있다면 제발 선생님을 살려 주세요.

"선생님, 일어나요!"

소리쳐도 소용없다는 걸 알지만, 나는 크게 외쳤다. 유진 선생님은 내 목소리가 안 들리는 것 같았다.

구급대원은 왜 이렇게 안 오지? 구스타보는 제세동기 갖고 어디쯤 왔을까?

다른 아이들에게 말하지 않았지만, 의학적으로 유진 선생님은 사망했다. 오 분 안에 선생님이 깨어나지 않으면 기회는 두 번 다시 오지 않는다.

27

애비

크리스토퍼가 없었다면 나는 놀라 달아났을지도 모르겠다. 걔가 너무 침착해서 오싹했다. 그래도 그 침착함 덕분에 우리도 차분해질 수 있었다. 침착함도 잘 옮나 보다.

유진 선생님은 심장 마비였다. 요가 매트에서 일어나려다가 젠가 탑이 쓰러지듯 고꾸라지고 말았다. 지금은 숨도 쉬지 않는다. 선생님이 죽었냐고 묻고 싶었지만, 나는 감히 물어볼 수 없었다.

선생님이 죽었다면 크리스토퍼가 흉부 압박을 하지 않았겠지.

다행히 학교에는 제세동기가 있고, 또 어디에 있는지 크리스토퍼가 알고 있었다. 그리고 구스타보가 가지러 갔다.

불과 오 분 전까지만 해도 나는 요가 매트에 누워서 울고 있었다. 유진 선생님은 우리 몸 어디에서 슬픔이 느껴지는지 살펴보라고 했다. 나는 어깨였다. 하지만 지금은 그게 중요하지 않다. 선생님이 위급하다. 만약 선생님이 죽는다면? 이미 죽었다면?

순식간에 모든 게 뒤바뀌어 버렸다. 엄마의 심장이 약해져서 심장 이식 수술을 받지 않으면 살 수 없게 되었던 것처럼, 엄마가 살아 있다가 죽은 것처럼.

앙투안은 아직도 911 상담원과 통화하고 있었다. 상담원은 어떻게 하라고 지시해 주었고, 앙투안은 큰 소리로 크리스토퍼에게 알렸다. 하지만 크리스토퍼는 지시보다 이미 앞서갔다.

"벌써 흉부 압박을 시작했어요. 네, 학교에 제세동기가 있어요. 네, 제 친구가 가지러 갔어요. 웨스트마운트 셔브룩 거리에 있는 학교예요. 제가 말 안 했나요?"

나는 구스타보가 오나 보려고 계단으로 뛰어나가 복도에서 교실을 향해 소리쳤다.

"아직 안 보여!"

다시 교실 안으로 들어가자 크리스토퍼는 아직도 흉부 압박을 하고 있었다.

"스물일곱, 스물여덟, 스물아홉, 서른……."

크리스토퍼가 선생님의 가슴을 누를 때, 내가 함께 수를 세어서 도움이 되었는지는 잘 모르겠다. 다만, 할 수 있는 일은 무엇이든 해야 했다.

서른까지 다 세고 나자 크리스토퍼는 흉부 압박을 멈추었다.

"제세동기는 어디 있어?"

크리스토퍼가 물었다. 집중하느라 내가 복도에서 외친 소리를
못 들은 모양이었다.

"곧 올 거야."

"알았어."

크리스토퍼는 유진 선생님의 코를 집고 손으로 입을 벌렸다. 자
기 얼굴을 유진 선생님의 얼굴에 가까이 대고 인공호흡을 시작했
다. 유진 선생님이 죽을지도 모르는 위급한 상황에서 이렇게 생
각하면 좀 철없어 보이겠지만, 나라면 남성 로션 냄새를 잔뜩 풍
기는 아저씨한테 인공호흡을 하고 싶지는 않을 것 같다.

크리스토퍼 얼굴에도 땀이 맺혔다.

인공호흡도 소용없었다.

나는 앙투안을 향해 말했다.

"구급대는 어디쯤이냐고 물어봐!"

그때 뛰어오는 소리가 들렸다. 드디어! 구스타보가 재빨리 문
을 통과했다. 그 뒤로 우리 아빠랑 라켈 아주머니, 크리스토퍼네
엄마랑 앙투안네 마망이 따라 들어왔다.

"디오스 미오! 세상에!"

라켈 아주머니가 유진 선생님 옆 바닥에 쪼그리고 앉아서 가슴
에 성호를 긋고 스페인어로 기도를 하기 시작했다.

크리스토퍼가 아주머니를 향해 외쳤다.

"비켜 주세요! 구스타보, 제세동기 줘!"

라켈 아주머니는 자리에서 일어났지만, 이번에는 구스타보를 안으려고 했다. 구스타보 손에 든 제세동기를 보지 못했나 보다.

나는 구스타보 손에서 하얀 플라스틱 상자를 잡아챘다. 좀 더 클 줄 알았는데 노트북만 했다. 상자를 열자 그림이 그려진 안내문이 툭 떨어졌다. 크리스토퍼가 종이를 보고 말했다.

"난 그거 없어도 돼. 면도기 줘."

면도기가 왜 필요한지는 묻지 않았다. 크리스토퍼가 면도기로 유진 선생님 가슴 두 군데를 밀기 시작했다. 심장이 있는 왼쪽 가슴과 오른쪽 젖꼭지 바로 위. 꼬불거리는 하얀 털이 매트 위로 툭툭 떨어졌다.

"면도하지 않으면 제세동기가 털을 다 태워 버리거든."

크리스토퍼가 설명했다.

크리스토퍼의 손이 떨리는 걸 보자 내 심장도 쿵쿵대기 시작했다. 크리스토퍼가 생각만큼 냉정하지는 않은 모양이었다.

"전극 패드를 피부에 부착하십시오."

낯선 로봇 목소리가 들렸다. 구급대원이 들어온 줄 알았는데 상자에서 나오는 소리였다.

"자동 제세동기야. 사용법을 순서대로 알려 줄 거야."

크리스토퍼가 말했다.

우리는 기계의 음성 지시를 따랐다. 나는 크리스토퍼가 패드를 붙이는 걸 도왔다. 크리스토퍼가 왼쪽 패드를 붙이고 나서 나에게 말했다.

"남은 하나는 오른쪽에 붙일 거야. 내가 면도한 데, 바로 거기! 잘했어."

기계에 내장된 심박 모니터가 선생님의 심장 리듬을 분석했다. 이상이 있다면 바로 충격 버튼을 누르라고 할 것이다. 선생님이 아프다는 걸 우리는 이미 알고 있었지만.

"심장에 충격을 주는 거야. 뺨을 때려 정신이 들게 하는 것처럼 심장을 때려 주는 거지."

크리스토퍼는 유진 선생님에게서 눈을 떼지 않고 말했다.

음성 지시가 들렸다.

"제세동이 필요합니다. 심폐 소생술을 멈추고 물러나십시오. 이제 충격 버튼을 누르십시오."

크리스토퍼가 빨간색 충격 버튼을 눌렀다.

선생님은 움직이지 않았다.

"환자가 반응이 없다면, 충격 버튼을 한 번 더 누르십시오."

크리스토퍼가 버튼을 한 번 더 눌렀다.

선생님은 아직도 그대로였다.

라켈 아주머니가 뒤에서 기도하는 소리가 들렸다. 누군가 울기 시작했다. 앙투안은 창가에 기대어 섰다. 다른 교실에 있던 아이들도 복도에 몰려들어 도울 일이 없나 기웃거렸다.

"구급대다! 구급차가 보여! 차를 세우고 있어!"

앙투안이 소리쳤다.

"환자가 반응이 없다면 충격 버튼을 한 번 더 누르십시오."

기계가 또 말했다.

크리스토퍼는 고개를 흔들었다.

"왜 안 되지?"

크리스토퍼가 낙담한 듯 말했다.

"한 번 더 눌러!"

앙투안이 외쳤다.

일 초도 아까워서 나는 몸을 숙여 버튼을 눌렀다. 우리 모두 유진 선생님의 얼굴을 지켜보았다. 엄마의 마지막 모습보다 더 창백했다.

여전히 아무 반응이 없었다.

나는 버튼을 다시 눌렀다.

끙 소리가 들렸다. 내가 낸 소리인 줄 알았는데, 유진 선생님이 낸 소리였다.

선생님의 가슴이 아주 살짝 올라갔다가 내려왔다. 선생님이 다시 숨을 쉬기 시작했다.

순식간에 모든 게 변했다.

언제 구급대가 도착했지? 구급대원이 교실에 들어오는 줄도 몰랐는데 두 명이나 보였다. 남자 한 명, 여자 한 명.

여자 구급대원이 유진 선생님을 살펴볼 수 있도록 크리스토퍼랑 나는 자리를 비켜 주었다. 남자 구급대원은 옆에서 들것을 펼쳤다. 여자 구급대원은 선생님의 가슴에서 패드를 떼고 나서 크리스토퍼와 나를 번갈아 보며 말했다.

"잘했어, 얘들아. 내가 볼 땐, 너희가 이분 생명을 구한 것 같아."

구급대원들은 선생님을 들것에 싣고 나서 몬트리올 심장 연구 센터로 갈 거라고 말했다.

"혈관 형성술을 받아야 할지도 모르겠습니다만, 잘 이겨 내실 겁니다."

남자 구급대원이 설명했다.

들것을 들고 좁은 계단을 내려갈 때는 아빠의 공학 기술이 도움이 되었다. 아빠는 날카로운 계단 모서리가 어디에 있는지, 정확히 몇 계단을 더 내려가야 아래층에 도달하는지 알려 주었다.

라켈 아주머니는 유진 선생님의 부인에게 전화를 걸어 심장 연구 센터로 오라고 일러 주었다. 다른 사람들은 들것을 따라 내려가 학교 밖에 선 구급차로 모여들었다.

길모퉁이에서 제시가 보였다. 우리 쪽으로 길을 건너더니 한쪽에 서서 이 광경을 지켜보고 있었다. 쟤가 왜 여기 있지? 우리가 내보낸 걸 잊었나?

"너 무슨 생각으로……."

나는 소리를 지르려다 말았다. 지금은 싸울 때가 아니니까.

커밀라도 이 일에 대해 들은 것 같았다. 구급대원들이 들것을 구급차로 옮기는데 커밀라가 뛰어오는 모습이 보였다. 커밀라는 유진 선생님 옆으로 다가와 선생님 뺨을 쿡 찔렀다.

"죽었어요? 죽지 말아요."

커밀라는 아랫입술을 앙다물었다.

심장이 멈춘 뒤로 유진 선생님은 아무 말도 하지 못했다. 하지만 겨우 손을 들어올리고는 커밀라를 향해 엄지손가락을 세워 보였다.

28

크리스토퍼

나는 유진 선생님을 태운 구급차에 올라탔다.

"선생님 부인에게도 연락했대요. 병원으로 바로 오신대요. 제가 뒷자리에 타고 가서 도와드릴게요."

나는 들것을 접어 자리에 넣는 구급대원들에게 알렸다.

"고맙지만 우리는 괜찮아. 돌아가서 네가 하던 일을 마저 하렴."

여자 구급대원이 말했다.

치유 모임 중이었다고 설명하려 했지만, 시간이 많지 않았다. 나는 구급차에서 내려 문을 닫았다. 남자 구급대원이 시동을 걸었다. 나는 조수석으로 가는 여자 대원을 따라갔다. 여자 대원이 조수석 문을 닫으며 말했다.

"널 보니까 누가 생각나."

"우리 아빠도 구급대원이었어요. 이름이 크리스……."

"크리스토퍼 울프! 눈이 닮았네."

내 말이 끝나기도 전에 여자 대원이 말했다.

"아빠를 아시나 봐요."

"아는 정도가 아니지."

나는 숨을 삼켰다. 뭐라고 말하려는 걸까? 아빠의 죽음에 대한 얘기는 제발 하지 말아 줬으면 좋겠다.

"존경하는 분이야. 우리 모두 그래."

나는 그 말에 고개를 끄덕였다.

"저도요."

여자 대원은 내 목소리를 듣지 못한 모양이었다. 구급차가 사이렌을 울리며 셔브룩 거리를 떠났다.

내 안에서 솟구쳤던 힘은 이제 사라졌다. 갑자기 몸이 피곤해지더니 다리에 힘이 빠져 길바닥에 주저앉고 말았다. 나는 쪼그리고 앉아 한숨 돌리며 생각했다. 어휴, 하마터면 유진 선생님을 잃을 뻔했다.

애비가 나에게 다가왔다. 말없이 손을 뻗어 나를 일으켜 세웠다.

"대체 무슨 일이야? 유진 선생님은 괜찮아?"

어떤 목소리가 물었다.

제시가 여기서 뭐 하는 거지?

내가 말하려는데 애비가 먼저 선수를 쳤다.

"우리가 너 내보냈잖아. 네 거짓말 때문에 말이야."

제시는 제자리에 서서 이 발에서 저 발로 무게를 옮기며 자세를 바꾸었다.

"구, 구급차가 학교 앞에 서는 걸 봤어. 너희 중 하나가 다친 줄 알았어. 그랬는데 선생님이 들것에…… 무슨 일이야?"

"심장 마비였어. 하지만 이제 괜찮을 거야."

내가 설명했다.

애비는 손을 허리에 짚더니 목소리를 낮추어 말했다.

"아무도 안 죽어서 실망했니? 네 영화에서 굉장한 장면이 될 뻔했는데 아깝겠다."

"맹세코 그런 거 아니야. 걱정했어. 정말이야."

제시가 움찔하며 말했다.

애비는 제시가 성가신 모기인 듯 손을 허공에 휘저었다.

"여기서 나가."

"갈 수 없어. 그냥 못 가겠어."

꿍꿍이가 있나 싶어 나는 제시의 눈을 바라보았다. 제시도 내 눈을 빤히 마주 보았다. 제시가 흔들던 몸을 멈추었다. 이번에는 진심인가 싶었다. 제시는 어디에도 가지 못하는 신세였다.

"제시도 힘들었겠지. 우리가 좀 너무했는지도 모르겠어."

나는 부드럽게 말했다.

애비는 내가 마치 학교에 불을 지르자거나 은행을 털자고 말한 것처럼 바라보았다.

"너무해? 얘는 배신자야."

"각서에 서명했어."

"그래 맞아. 나는 각서도 썼어."

제시가 말하자 애비가 웃었다.

"누가 그런 각서 따위를 신경 쓰니?"

"얘들아!"

라켈 아주머니가 교문 앞에서 우리를 불렀다. 이제 집으로 가야겠다고 생각했다. 애비와 나는 학교로 향했다. 제시가 우리를 따라오자 애비는 몸을 돌려 제시를 노려보았다.

다른 사람들도 로비에 모였다. 라켈 아주머니는 점심시간까지 치유 모임을 하자고 말했다. 커밀라가 엄마 무릎을 꼭 잡았다.

"오전 일정까지는 함께 마치고 집에 가면 어떻겠니? 유진 선생님도 그러길 바라실 거야. 선생님이 회복하면 다시 만나서 나머지 오후 활동을 하도록 하자."

애비는 턱을 까닥여 제시를 가리켰다.

"쟤는 어떡해요? 내보내자고 투표로 결정했는데요."

제시는 자기 가방을 어깨에 둘러메고 말했다.

"맞아요. 전 여기 있으면 안 돼요."

"그럼 거기 서 있지 말고 가!"

애비가 제시에게 말했다.

구스타보가 목청을 가다듬더니 입을 열었다.

"내가 볼 때는, 오전 시간은 거의 끝났어. 너희가 어떻게 생각하는지 모르겠지만, 우리는 많은 일을 함께 겪었어. 모두 함께 말이야. 거짓말을 하긴 했지만, 제시도 우리 모임 사람이야. 어느 정도는."

애비는 고개를 저었다.

"거짓말은 심각한 문제야! 이 모임은 안전해야 해."

애비는 두 손으로 아치 모양을 만들었다. 유진 선생님이 처음 비밀 보장을 얘기하면서 했던 손동작이었다.

"쟤가 여기 있으면 안전하지 않아."

애비는 제시 이름조차 입에 담기 싫은 듯 보였다.

"유진 선생님도 우리가 제시를 용서해 주길 바랄 거야."

구스타보가 말했다.

"그럴지도 몰라."

앙투안이 덧붙였다. 나는 두 번째 투표를 제안했다. 애비가 어이없다는 표정을 지었다.

"이미 결정된 일인데, 투표를 또 하자고? 그건 민주주의가 아니야."

"도널드 트럼프가 대통령에 당선되고 나서 사람들은 틀림없이 다시 투표하기를 바랐을 거야. 게다가 이건 정치 문제가 아니고 그냥 치유 모임이잖아. 그럼, 투표를 다시 할지 결정하는 찬반 투표를 하던지."

앙투안이 말하자 애비는 한숨을 쉬었다.

"좋아! 투표해. 투표하자는 투표 말고, 쟤를 여기 있으라고 할 건지 말 건지! 너희도 내 기분은 다 알겠지."

제시가 돌아와도 좋다는 사람은 누구냐고 라켈 아주머니가 물으려고 하자 구스타보가 말렸다.

"전에는 고개를 숙이고 투표했어요. 다른 사람의 의견을 보고 따르는 걸 피하려고요."

구스타보가 설명했다.

"그래, 알았어. 그렇게 하자."

라켈 아주머니가 말했다. 우리는 1층 로비로 가고, 제시는 밖에서 기다리겠다고 했다. 이번에는 자기가 문을 닫고 나갔다. 구스타보와 앙투안과 애비는 벤치에 앉고 나는 튤립 화분이 놓인 둥근 테이블에 앉았다. 어제 여기 왔을 때가 생각났다. 그 뒤로 참 많은 일이 있었다.

"자, 모두 눈을 감으세요."

라켈 아주머니가 말했다.

"그럼, 제시가 돌아오는 데 찬성하는 사람?"

나는 손을 들었다.

"제시가 돌아오는 데 반대하는 사람? 이제 모두 눈을 뜨세요."

라켈 아주머니가 말을 이었다.

"제시는 다시 돌아와도 됩니다. 삼 대 일이에요."

우리는 모두 그 한 명이 누구인지 알 수 있었다.

"용서하려고 **시도**는 해 보자."

앙투안이 말하자 애비는 어깨를 으쓱했다.

구스타보가 제시에게 가서 결과를 알려 주었다.

"고마워."

제시는 로비로 돌아와서 우리 모두에게 말했다. 일단 억지 미소
는 아니었다. 제시가 자기 뒷주머니를 툭툭 쳤다.

"휴대 전화는 껐어. 약속할게."

라켈 아주머니는 치유 모임이 삼 년째여서 유진 선생님 대신
모임을 이끌어 갈 수 있었다. 아주머니는 유진 선생님이 남기고
간 노트대로 활동을 이어 가겠다고 말했다. 커밀라가 고집을 피
우며 우리 모둠에 들어오겠다고 하자 아무도 반대하지 않았다.
다들 커밀라를 모두의 동생으로 여기는 듯했다.

유진 선생님이 없는 교실은 텅 빈 느낌이었다. 그래도 그냥 집
으로 돌아가지 않아서 다행이라는 생각이 들었다. 다른 아이들과
함께 있으니 기분이 좋았다. 제시와 함께 있어도 그랬다.

"우선, 유진 선생님은 이제 괜찮으실 거예요. 여러분 모두 굉장
한 일을 해냈어요. 특히 너희 두 사람."

라켈 아주머니는 애비와 나를 가리켰다. 아주머니가 눈물을 글썽이자 커밀라가 테이블에 올라가 아주머니의 머리를 토닥였다.

"선생님 부인에게 그 얘기를 했더니, 저보고 대신 감사하다는 말을 전해 달라고 했어요."

우리의 가면이 완성되어 갈 무렵, 라켈 아주머니는 유진 선생님에게 일어난 일을 함께 이야기해 보자고 했다.

"얘기하고 싶은 사람만 해도 괜찮아요. 강요는 아니에요."

"난 정말 무서웠어. 유진 선생님에게 무슨 일이 일어났어도 나는 뭘 해야 할지 몰랐을 거야. 그러니까 만약 선생님이 죽었더라면 말이야."

구스타보 말에 라켈 아주머니가 고개를 끄덕였다.

"그래, 나도 그랬어요. 우리가 누군가를 사랑할 때 치러야 하는 대가인가 봐요. 그 사람이 없는 모습을 우리는 상상도 할 수 없잖아요."

"크리스토퍼가 어떻게 해야 할지 알고 있어서 다행이었어."

앙투안이 말했다.

나는 오늘 치유 모임에 오지 않으려 했다고 말할 뻔했다. 만약 내가 오늘 아침에 여기 오지 않았다면 어땠을까? 나는 또 **만약에 그랬다면** 하고 생각했다.

"크리스토퍼 덕분에 우리 모두 침착할 수 있었어."

애비가 말했다. 왜 다들 내가 여기 없는 것처럼 내 얘기를 하는지 모르겠다.

나는 모두에게 말했다.

"침착하게 보였을 뿐이야. 속은 안 그랬어. 혈관에서 아드레날린이 솟구치는 기분이었어."

"그거 좋은 기분이야?"

제시가 물었다.

"음……. 그렇기도 하고 아니기도 해. 기분이 들뜨면서 활력이 넘치는 느낌이 드는 건 좋아. 안 좋은 점은, 너무 긴장해서 일이 다 해결되고 나니 진이 다 빠져 버렸어."

구급대원이 내 적성에 맞는 직업 같다는 얘기는 하지 않았다. 다른 일을 하면 더 행복할지도 모르니까. 변호사도 잘 맞을 것 같다. 논쟁하고 옳은 편에 서는 걸 좋아하니까. 그리고 각서를 써서 제시의 서명을 받아 내는 일은 제법 그럴싸했다. 애비가 알면 웃겠지만.

예전의 제시라면 지금쯤 대화 중간에 끼어들었겠지만, 지금은 그저 가만히 있었다. 라켈 아주머니가 제시에게 구급차가 들어오는 모습을 보고 어떤 느낌이었냐고 묻자 그제야 입을 열었다.

"그때 네가 버스 정류장에 있었다고 구스타보가 얘기해 주었단다."

"무서웠어요. 도와주지도 못하고 그냥 구경만 하려니 너무 힘들었어요."

"주특기 나왔네. 구경만 하기, 그리고 안 도와주기."

애비가 중얼거렸다.

커밀라가 자기 오빠처럼 손을 들었다. 유전인가 보다.

"질문이 있어요. 유진 선생님이 운동을 너무 많이 해서 심장이 망가진 거예요?"

"망가진 게 아니란다, **미 아모르**. 심장이 멈추었는데 크리스토퍼 오빠랑 애비 언니가 다시 움직이게 해 준 거야."

"그럼 크리스토퍼 오빠랑 애비 언니는 슈퍼 히어로야? 세상을 구한 슈퍼 히어로!"

"우리는 슈퍼 히어로가 아니야."

내가 커밀라에게 말했다.

애비는 투명 망토를 어깨에 두르는 시늉을 했다.

"솔직하게 말해 주자, 크리스토퍼. 나는 슈퍼 파워에다 놀라운 유머 감각까지 있단다."

라켈 아주머니는 우리에게 가면을 쓰라고 했다. 그런 다음 가면을 쓴 채 걸어 보고 서로 만나 보겠다고 말했다.

"바깥쪽이 드러나게 써요? 아니면 안쪽이 보이게 써요?"

구스타보가 물었다.

나도 궁금했다.

"가면을 뒤집으면 얼굴에 잘 안 맞아."

앙투안이 말했다.

"맞아요. 가면을 거꾸로 뒤집으면 코가 눌릴 거예요. 조금 불편하겠지요. 어쨌든 바깥쪽이 보이도록 쓰겠습니다."

휴우. 나는 안심했다.

"여러분이 원할 때만 가면 안쪽을 보여 주세요."

라켈 아주머니가 덧붙였다.

나는 한 번 더 안심했다. 내 가면 안쪽을 다른 아이들한테 보여 줄 수는 없다. 게다가 가면 안쪽은 안에 있는 거니까 드러내지 않는 게 당연하다. 그게 아니라면 안쪽이 아니라 바깥쪽이라고 불러야겠지.

나는 고무줄을 귀에 걸고 가면 너머로 세상을 바라보았다. 내 눈이 아빠 눈을 얼마나 닮았는지 생각해 보았다. 아빠도 강해지려고 애썼다. 하지만 내 눈이 아빠를 닮았어도, 여러 모습이 아빠랑 닮았어도, 나는 아빠가 아니다.

"자, 이제 여러분이 가면을 썼으니 앞으로 걸어 보고, 교실을 돌아다녀 보세요. 다른 사람의 가면도 만나 보세요."

라켈 아주머니가 말했다.

"가면끼리 어떻게 만나?"

커밀라가 자기 엄마에게 묻는 소리가 들렸다.

"늘 있는 일이야. 그걸 인생이라고 불러."

라켈 아주머니가 커밀라에게 설명했다.

처음에는 구스타보의 가면을 만났다. 가족사진과 산을 찍은 사진을 오려 붙인 가면이었다. 가족사진에는 남자아이와 여자아이도 있었다. 구스타보와 커밀라는 아니었다. 굳이 두 사람이 아니어도 상관없었다.

"가면 멋지다."

나는 구스타보에게 말했다.

"강해져라!"

구스타보가 내 가면에 있는 글자를 읽으며 말했다.

앙투안의 가면에는 비디오 게임 목록이 적혀 있었다. '2K17'과 '배틀필드 1'. 농구공 그림과 바퀴 달린 초록색 상자 그림도 있었는데 아마도 탱크를 그린 것 같았다. 아빠가 지하 작업실로 숨어든 것처럼, 비디오 게임은 앙투안의 탈출구였다.

애비의 가면에는 ㅋㅋㅋ, ㅎㅎㅎ, HAHAHA 등의 문자가 여럿 있었다. 자신의 유머 감각을 나타낸 것인가 보다. 웃기려는 행동으로 가면을 만들 수 있다니.

휴대 전화와 카메라 그림을 보니 누가 봐도 제시의 가면이었다. 눈물의 의미는 잘 모르겠다. 부모님의 이혼과 관련이 있겠지.

라켈 아주머니 목소리가 들렸다.

"원한다면, 정말로 하고 싶은 사람만 가면을 뒤집으세요. 앙투안이 말한 대로 잘 안 맞아 불편할 거예요. 신체적으로 불편하다는 의미였겠지만, 감정적으로도 마찬가지예요. 그러니까 원하는 사람만 가면을 뒤집으세요."

나는 그러고 싶지 않았다.

하지만 다른 아이들의 가면 안쪽은 어떨지 궁금했다. 조금 양심에 찔렸다. 친구들에게 주는 것 없이 받으려고만 하나 싶어서. 가면 안쪽을 보여 주지 않는 사람은 활동에서 빠지라고 할 줄 알았는데, 라켈 아주머니는 그러지 않았다.

구스타보의 가면 안쪽에는 사진에서 오려 붙인 작은 남자아이가 하나 있었다. 구스타보보다 어린 그 아이는 혼자였다. 아빠가 죽었을 무렵의 구스타보임을 알 수 있었다. 착한 아들이며 좋은 오빠여도, 어떤 어른으로 자란다고 해도 구스타보의 내면에는 항상 외로운 남자아이가 있으리라 나는 이해했다.

앙투안의 가면 안쪽은 나를 더욱 슬프게 했다. 가면 한 귀퉁이에 아주 조그만 그림이 하나 그려져 있었다. 텅 빈 요람. 빈센트의 요람이었다.

애비는 가면을 뒤집지 않았다.

제시가 자기 가면을 뒤집었지만, 아무것도 없었다. 그러고 보니 우리가 가면 안쪽을 꾸미고 있을 때 제시는 여기 없었다. 그래도 그 텅 빈 가면은 뭔가 말하는 듯 보였다. 자기 속마음이 어떤지 제시는 혹시 알고 있을까.

나는 숨을 크게 내쉬었다.

다른 아이들의 가면 속을 보고 이렇게 많이 배울 줄은 몰랐다.

나는 한 번 더 깊게 숨을 들이마셨다가 내쉬었다. 그러고 나서 가면을 벗어 뒤집었다.

겉모습처럼 그렇게 강하지도 침착하지도 않으며, 논리적이지 않은 나를 다른 아이들에게 보여 주었다.

29

애비

또다시 로렌스 학교의 교실에 있다니 기분이 이상하다. 벽에는 전에 없던 세계 지도와 포스터들이 붙어 있었다. 11월이라 창밖의 나무는 가지가 앙상했다. 일기 예보에서는 다음 주말에 눈보라가 칠 거라고 했다.

유진 선생님은 건강해 보였다. 치유 모임 첫날 입었던 운동복 차림이었지만 그 안에 티셔츠 대신 목폴라 티를 입었다. 머리는 여전히 넘겨 빗었지만 조금 짧아졌다. 그리 나쁘지 않았다.

나는 5월 이후에도 유진 선생님을 몇 번 만났다. 크리스토퍼랑 같이 병문안 갔을 때 두 번. 그러고 나서 선생님이 걸을 수 있게 되었을 때쯤에 아빠와 개별 치유 상담을 받았다.

제시를 다시 보자 기분이 이상했다. 크리스토퍼가 미리 일러 줘서 다행이었다.

"안녕? 잘 지냈니, 애비?"

나를 보자 제시가 먼저 인사했다. 목소리로 보아 나랑 친구가 되고 싶은 모양이었다.

"응, 잘 지냈어."

대답은 했지만, 나는 제시의 안부를 묻지 **않았다**. 내가 아직 제시를 용서하지 않았고, 앞으로도 용서하지 않을 거라고 알리고 싶었다.

"5월에는 그렇게 갑자기 사라져서 미안했습니다. 평소에는 인사를 잘하는 편인데 말입니다."

유진 선생님이 농담을 했다.

선생님은 미리 보내 준 이메일을 통해, 그날 못 했던 오후 활동을 오늘 하겠다고 했다. 그러면 선생님이 계획했던 마지막 활동을 마치게 된다고. 무슨 활동인지 다른 설명은 없었다.

크리스토퍼는 우리가 밖에 나갈 줄 알았나 보다.

"아니면 왜 우리보고 따뜻하게 입고 오라고 하셨겠어?"

로비에서 나랑 앙투안과 마주쳤을 때 크리스토퍼가 말했다.

구스타보는 추도 예배 같은 행사를 할 것 같다고 말했다.

"이 년 전에는 파란 풍선과 하얀 풍선을 하늘로 날렸어."

앙투안은 풍선이 좋겠다고 말했다.

"풍선을 보면 빈센트가 생각나. 엄마가 처음 빈센트를 집에 데려왔을 때 마망하고 나는 현관문에다 노란 풍선을 장식했거든. 남자에게 파란색을 쓰고 여자에게 분홍색을 쓰는 관습을 마망은 싫어했어."

다른 아이들에게 말은 안 했지만, 나는 미술 활동이 하고 싶었다. 나는 내 책상 앞에다 5월에 만든 가면을 붙여 놓았다. 아빠한테 가면을 만들어 보라고도 했다.

마지막 활동은 야외 활동도, 작품 만들기도 아니었다.

선생님은 우리 곁을 떠난 소중한 사람들에게 편지를 쓰라며 종이와 편지 봉투를 나눠 주었다.

"봉투요? 편지를 어디로 보낼 계획이에요? 천국에 가는 우편 요금은 비싸요. 지옥으로 보내면 추가 요금이 붙고요."

내가 한 농담에 제시가 큰 소리로 웃었다. 제시가 앙투안에게 자기 아빠를 가끔 만나고 아빠의 새 여자 친구까지 만났다고 얘기하는 소리가 얼핏 들렸다.

타고난 작가가 아니라면 뭐라 쓸지 막막할 거라며, 유진 선생님은 편지에 쓸 예문 몇 개를 화이트보드에 써 주었다.

"반드시 이대로 쓰지 않아도 괜찮습니다. 편지를 쓰다가 막히면 이 예문을 참고해서 쓰세요. 이 문장들 외에도 여러분이 더 추가하고 싶은 말이 있으면 자유롭게 앞으로 나와서 보드에다 적어 주세요. 다른 친구들도 볼 수 있게요. 여기서 '당신'은 각자가 애도하는 사람입니다."

나는 당신에게 ＿＿＿라고 말하고 싶어요.

당신 생각을 할 때마다 ＿＿＿한 기분이 들어요.

＿＿＿하면 당신이 너무 보고 싶어요.

당신이 죽은 뒤로 ＿＿＿이 변했어요.

＿＿＿을 당신이 알면 좋아할 것 같아요.

당신이 ＿＿＿을 알아 줬으면 해요.

이런 말은 처음이지만, ＿＿＿해요.

난 타고난 작가가 틀림없다. 시작하자마자 술술 썼으니까.

사랑하는 엄마께

엄마를 매일 그리워한다고 말하고 싶어요. 엄마가 크게 웃을 때마다 입가에 침이 고였던 모습도, 내가 놀려도 성내지 않던 모습도 보고 싶어요.

엄마 생각을 할 때마다 나는 속상해요. 나도, 엄마도, 아빠도 안쓰럽지만 엄마가 제일 불쌍해요. 이제 11월이에요. 풍경은 예쁘지 않아도 엄마 말대로 공기가 상쾌해요. 이런 날에는 엄마가 핫 초콜릿을 만들어 주곤 했지요.

나는 아직도 차를 타고 갈 때마다 쥬이시 종합 병원을 쳐다보지 못해요. 엄마가 제때 심장 이식 수술을 받지 못했다는 생각을 하면 여전히 화가 나요.

그래도 조금 괜찮아졌어요. 예전처럼 고통이 날카롭게 날 찌르지 않아요.

아빠랑 내가 예전보다 잘 지내게 되었다는 소식을 들으면 엄마가 좋아할 것 같아요. 우리는 상담을 받으려고 유진 선생님 사무실에 몇 번 같이 가기도 했어요. 아빠가 친구를 사귀어도 엄마가 괜찮으면 좋겠어요. 구스타보와 커밀라의 엄마인 라켈 아주머니예요. 치유모임에서 만났어요. 지금은 그냥 친구 사이지만, 혹시 모르니까요.

이 얘기는 엄마한테 처음 해요. 엄마 심장을 약하게 만든 책임이 나한테 있다는 생각을 하곤 했어요. 엄마가 바이러스에 걸리기 전에 제가 독감에 걸렸던 일 기억하세요? 결국, 아빠와 함께 상담받으면서 이 이야기를 유진 선생님에게 했어요. 선생님하고 아빠는 나에게 스스로를 그만 탓하라고 말했어요. 내 잘못이 아니라고, 어쩔 수 없는 상황은 그대로 받아들여야 한다고요.

엄마, 기분 나쁘게 듣지 마세요. 한두 시간씩 엄마 생각이 안 날 때도 있어요.

그렇다고 엄마가 보고 싶지 않다는 말은 아니에요. 그래도 엄마가 계속 그리울 거예요.

나는 마지막에 내 이름을 적기 전, 더 쓸 말이 있는지 생각해 봤다.

　내가 치유 모임에서 배운 것은 누군가를 계속 그리워해도 괜찮다는 거예요. 그건 그 사람을 무척 많이 사랑했고, 여전히 사랑한다는 뜻이니까요.

　　　　　　　　　　　　　　　　　늘 사랑해요.
　　　　　　　　　　　　　　　　　애비 올림

　편지를 처음부터 읽어 보며, 맞춤법이 틀린 부분이나 문법 실수가 있나 살펴보았다. 전혀 없었다. 그러고 나서 편지를 세 번 접어 봉투에 넣었다.
　소리 내어 읽지는 않을 거다. 내가 쓴 편지는 나랑 엄마만 아는 얘기니까.
　치유 모임은 나보다 다른 아이들에게 더 잘 맞을지도 모르겠다.
　치유 모임이 싫다는 말이 아니라, 나처럼 혼자만의 장소에서 자기 방식대로 슬픔을 치유해 가는 사람도 있기 마련이니까. 나는 누가 시켜서 하는 일은 좋아하지 않는다.
　아빠한테 말은 안 했지만, 아빠가 치유 모임에 가라고 해서 다행이었다. 시시껄렁한 농담을 많이 했지만 다른 친구들을 사귀어서 좋았다.

다른 아이들은 아직도 편지를 쓰고 있었다. 나는 앞으로 나가 화이트보드에다 문장을 추가했다.

내가 치유 모임에서 배운 것은 ＿＿입니다.

30

크리스토퍼

가끔은 내가 제시 같은 사람이 될까 걱정이다.

다큐멘터리 영화를 만들고 싶어졌다는 얘기가 아니라, 다른 사람의 이야기에 이렇게 관심이 많은 적이 없었기 때문이다.

지난주에는 인터넷 체스 게임을 이기고 나서 상대 선수에게 평소 안 하던 행동을 했다. 채팅으로 질문을 한 거다. **외동이니? 체스 말고 다른 취미도 있어? 어른이 되면 뭐 하고 싶어?**

점점 다른 사람에게 호기심이 생긴다. 나 자신이 어떤 사람인지도 궁금하다. 나다운 건 어떤 걸까?

지금도 아빠에게 편지를 써야 하지만, 다른 아이들 어깨 너머로 뭐라 쓰는지 훔쳐보고 있다.

구스타보는 표를 그리듯이 칸을 나누었다. 자기 아빠에게 자기가 학교 공부를 얼마나 열심히 해야 하는지, 엄마랑 애비 아빠가 잘 지내는 덕분에 애비와 얼마나 친해졌는지에 대해 썼다. 앙투안은 첫 번째 예문을 따라 쓴 모양이다. 빈센트에게 모래성 쌓기나 하키 공놀이를 하면서 같이 놀고 싶었다는 말도 썼겠지.

애비처럼 편지를 빨리 쓰는 사람은 처음 보았다. 내가 읽기도 전에 애비는 편지를 봉투 안에 넣었다.

제시는 내 곁눈질을 알아차리고는 눈썹을 들어 올리며 **어, 딱 걸렸어!** 하는 눈빛으로 나를 보았다. 비록 죽진 않았지만, 따로 떨어져 사는 자기 아빠한테 편지를 쓰겠지. 제시는 한 손으로 자기 편지를 가려 내가 읽지 못하게 했다. 너무하다 싶었다. 남의 이야기를 꼬치꼬치 캐묻기를 좋아하는 사람이 자기 이야기는 하나도 안 보여 주려고 하다니.

그러자 첫 문장을 어떻게 시작할지 떠올랐다.

사랑하는 아빠께.

아빠에게 작별 인사를 하지 못한 건 불공평한 일 같아요.

우리에게 일어난 모든 일이, 아빠의 자살이 말도 안 되는 일이라고 생각했어요.

처음에는 아빠한테 화가 났어요. 자기 삶을 저버리다니 겁쟁이라고 생각했어요.

하지만 이젠 그러지 않아요. 아빠도 분명 어쩔 수 없는 선택을 했을 테니까요.

나는 아직도 아빠를 말릴 방법이 있었을지도 모른다고 생각해요.

하지만 아빠를 아는 사람들을 많이 만나고 나서 깨달았어요.

비록 자살했지만, 아빠는 영웅이라는 사실을요.

모두 나보고 생김새도 행동도, 아빠를 닮았다고 해요.

나는 고개를 들었다. 애비가 예문을 하나 덧붙였다.

내가 치유 모임에서 배운 것은 아무리 우리가 서로 닮았어도, 이름도 같고 눈동자 색깔도 같을지라도, 나는 아빠가 아니라는 사실이에요. 그리고 이제 괜찮아요.

아빠의 사랑하는 아들
크리스토퍼 올림

선생님은 우리에게 편지를 소리 내어 읽어 보라고 하지 않았다. 솔직히 나는 상관없었다.

마지막 활동은 밖에 나가서 하기로 했다.

"거 봐, 내 말이 맞지? 그래서 우리보고 따뜻하게 입고 오라고 하신 거야."

나는 애비에게 말했다.

나비 정원 뒤편에는 누군가 돌을 쌓아 만든 화덕이 있었다. 선생님은 불쏘시개로 장작을 넣고 성냥을 던져 불을 피웠다.

"방금 여러분이 쓴 편지는 여러분 마음대로 할 수 있습니다. 항상 지니고 다녀도 되고, 조각조각 찢어도 됩니다. 원한다면 불 속에 던져 넣어도 좋습니다."

"나는 간직할래."

제시는 이렇게 말하고는 봉투를 두 번 접어 손에 쥐었다.

"그것도 좋아요. 여기에서 우리난 편지를 썼다는 것이 중요합니다."

유진 선생님은 자기 가슴을 살짝 두드렸다. 그러자 나는 선생님의 심장이 다시 뛰기 시작했을 때 얼마나 감사했는지를 떠올렸다.

제시는 입고 있던 검정 재킷 앞주머니에 편지를 집어넣었다. 언젠가는 자기 아빠에게 편지를 전하겠지. 제시는 애비를 힐끗 바라보았다. 오전 내내 애비와 눈을 맞추려고 애썼지만, 애비는 계속 무시했다. 둘이 절친이 될 운명은 아닌가 싶었다.

애비, 구스타보, 나는 편지를 불에 던져 넣었다. 편지들이 불에 타며 점점 작아지고 작아져서 재가 되는 모습을 우리는 지켜보았다.

앙투안은 자기 편지를 어떻게 할까 고민하는 모양이었다. 우리는 모두 앙투안이 결정하기를 기다렸다. 앙투안은 화덕에서 몸을 돌려 뒤쪽 울타리로 걸어가더니 땅바닥에 쪼그리고 앉았다. 앙투안은 손으로 땅을 파서 작은 무덤을 만들었다.

나는 가서 앙투안을 도왔다. 우리 둘은 묵묵히 무덤을 팠다. 땅이 단단해서 조금 오래 걸렸다. 구멍이 충분히 깊게 파지자 앙투안은 편지를 묻었다. 나는 앙투안의 어깨를 토닥였다. 그러고 나서 우리는 모두가 기다리는 곳으로 돌아왔다.

유진 선생님은 종이 상자를 들고 있었다.

"지난번에는 나 때문에 정신없었지요. 그 바람에 여러분이 기념품을 못 받았어요. 쓸 수 있는 상태가 아니라 걱정이군요."

선생님은 상자를 테이블 위에 놓고 뚜껑을 열었다. 안에는 우리가 처음 치유 모임에 왔을 때 보았던 튤립 화분이 들어 있었다. 꽃잎은 갈색으로 말라 시들었다. 아무도 화분을 돌보지 않은 모양이었다.

"나쁘게 말하려는 건 아닌데요, 죽은 화분 갖고 뭘 해요?"

앙투안이 물었다.

"그 질문이 나오길 기다렸단다."

유진 선생님은 화분 하나를 상자에서 꺼내더니 옆면을 톡톡 두드렸다.

"이 안에는 알뿌리가 있어요. 화분에 물을 주지 않아서 잘 말랐을 겁니다. 이 알뿌리를 정원에 심어도 되고요, 화분에 심어 창틀이나 난간에 놓아도 됩니다. 다음 주에는 눈이 온다고 했으니 서두르는 편이 좋겠군요. 내년 5월쯤에 튤립 꽃이 피면, 우리가 함께 치유 모임에서 보냈던 시간을 떠올리겠지요."

이제 학교 로비에서 부모님을 만날 시간이 되었다. 나는 유진 선생님과 애비 사이에서 걸었다.

"너희 둘한테는 다시 한번 고맙다고 말하고 싶었어. 덕분에 인생의 두 번째 기회를 얻었어. 아니, 내 경우에는 세 번째인가?"

선생님이 말했다.

"뭐 그 정도 갖고 그러세요."

애비가 말했다.

내가 말을 별로 하지 않아서인지 선생님은 나를 바라보며 물었다.

"어떠니, 크리스토퍼 울프? 요즘 어떻게 지냈어?"

"잘 지냈어요. 아직 마음이 아프지만, 괜찮아요."

선생님이 내 어깨를 툭 쳤다.

"괜찮다니 다행이구나."

나는 애비 쪽으로 몸을 돌렸다. 그제야 애비가 축구화가 아닌 평범한 운동화를 신고 있음을 알아챘다. 나는 애비에게 물었다.

"너는 어때? 너도 괜찮아?"

"있잖아, 내 얘기 오해하지 않았으면 좋겠는데."

애비가 살짝 웃었다. 새로운 농담을 하려나 싶었다.

"나는 치유 모임을 그다지 좋아하진 않았어. 하지만 어쨌든, 나도 괜찮아. 더 좋은 점이 뭐게? 괜찮아져도 괜찮다는 거야."

『안녕을 말할 땐 천천히』는 제가 『몬트리올 가제트』에 기고했던 특집 기사 두 편을 바탕으로 쓴 이야기입니다. 하나는 어린이를 위한 몬트리올 상실 치유 모임에 관한 이야기였고, 다른 하나는 구급대원의 감정 문제에 관한 이야기였습니다. 이 책에 등장하는 치유 모임은 돈 크루셰 선생님이 만든 모임을 바탕으로 합니다. 인터뷰를 통해 선생님을 만났는데, 운 좋게도 지금은 가장 가까운 친구가 되었습니다. 크루셰 선생님은 제게 삶과 죽음에 대해, 상실을 치유하는 과정에 대해 많이 가르쳐 주셨어요. 감사드립니다. 그리고 선생님 부부가 베풀어 주신 친절함에도 감사드립니다. 선생님 부부를 만날 때만 해도 두 분의 아들 맷이 구급대원인지 몰랐어요. 그리고 손자 제이컵이 독서광인지도 몰랐지요. 저에게 제세동기 사용법을 알려 준 맷과 제이컵에게 감사의 인사를 전합니다. 그리고 선생님과 제이컵이 이 책의 초안을 읽어 준 일 역시 무척 고마웠습니다. 오랫동안 구급대원으로 활동했던 대니 가빈 씨, 저를 믿고 이야기를 해 주셔서 감사합니다. 마음을 열고 저와 우정을 나누어 준 서렐 가족도 감사합니다. 토드 서렐을 만나지는 못했지만, 그의 영혼이 이 이야기에 담겨 있기를 바랍니다. 오르카 북스 출판사 팀에게도 감사드립니다. 멋진 팀이었어요. 특히, 뛰어난 지혜와 통찰력을 지닌 편집자이자 제 친구 사라 하비, 감사합니다. 마지막으로 제 가족에게도 감사의 인사를 전합니다. 딸 알리시아, 아버지 막시밀리앙, 캐럴린과 마이클 모두 고맙습니다. 우리는 함께 슬픔을 치유하는 방법이 많이 있다는 사실을 배웠습니다. 그리고 그건 정말로 좋은 일이었습니다.

『안녕을 말할 땐 천천히』는 소중한 사람의 죽음을 겪은 아이들의 이야기입니다.

이 책에서는 애도하는 과정에서 깊은 상실의 슬픔에 빠진 이들을 '상실의 별'에 갇혔다고 표현하지요. 이 별에 갇힌 아이들은 혼자서 슬픔을 안고 살아가려 합니다. '죽음'이라는 공통점조차 꺼려지고, 속마음을 들키고 싶지 않기 때문입니다. 상실감은 그리움, 원망, 분노, 우울, 죄책감, 소외감 등이 복잡하게 얽혀 있어 스스로 알아차리기 쉽지 않습니다. 우리 모두 가면을 쓰기 때문에 더욱 알기 어렵습니다. 크리스토퍼는 강한 척하고, 애비는 슬픈 이야기가 싫어 비꼬는 농담을 합니다. 구스타보는 조용한 상황을 못 견뎌서 끊임없이 말을 하고, 커밀라는 오빠에게 집착합니다. 그리고 앙투안은 게임에 빠져 지냅니다.

하지만 이 아이들은 치유 모임에서 만나 유진 선생님과 함께 이야기를 나누고 공감하면서 서서히 변해 갑니다. 타인의 상처를 통해 자신의 상처를 들여다보며, 자기 마음을 이해하게 된 것이지요. 자신의 외면과 내면을 인정하고 혼자가 아니라는 사실도 깨달으면서, 그간 갇혀 있던 틀, 그야말로 '상실의 별'에서 벗어나 타인을 포용하는 사람이 됩니다.

이 책에서 주목할 점은 상실의 경험을 함께 나누고 치유해 가는 모습입니다. 그 모습을 통해 상실의 슬픔이 혼자만의 몫이 아니라 이들과 함께 살아가는 우리 '모두의 몫'임을 보여 줍니다. 더 나아가 아이들은 죽음뿐만 아니라 부모님의 이혼과 같은 이별 상황도 넓은 의미의 상실로 받아들이고, 그런 슬픔에도 공감해 주는 너그러운 사람이 되지요.

사람은 누구나 죽음을 경험합니다. 누군가의 죽음은 그 사람을 둘러싼 가족, 친구, 공동체 등 타인의 삶에도 영향을 미칩니다. 남겨진 사람들은 슬픔을 안고 살아가야 하니까요. 특히 사랑하는 가족이나 연인, 친한 친구, 존경하는 선생님 등 소중한 누군가를 잃었을 때, 그 슬픔은 상상조차 하기 힘든 고통이겠지요. 누구나 겪을 수 있지만, 아무도 겪고 싶지 않은 일입니다. 낫기까지 얼마나 걸릴지도 알 수 없는 데다 우울증과 자살처럼 또 다른 고통으로 이어지기도 하지요.

그래서 상실을 받아들이고 '함께' 치유하는 방법은 중요합니다. 우리 사회에도 상실의 슬픔을 함께 극복하는 데 도움을 주는 제도나 기관이 점점 많아지면 좋겠습니다. 사람은 사람에게서 상처를 받기도 하지만 사람을 통해 구원받기도 하니까요.

아직 상실의 별에서 고통받는 분들이 있다면 이 책이 조금이나마 위로가 되었으면 좋겠습니다. 누군가의 슬픔을 우리 모두의 몫으로 생각해 주면 좋겠습니다. 타인에 대한 연민을 가져 주면 좋겠습니다. 자신의 삶과 타인의 삶, 모두 존중하기를 바랍니다.

창비청소년문학 102

안녕을 말할 땐 천천히

초판 1쇄 발행 | 2021년 5월 7일

지은이 | 모니크 폴락
옮긴이 | 윤경선
펴낸이 | 강일우
책임편집 | 구본슬 최은영
조판 | 신혜원
펴낸곳 | (주)창비
등록 | 1986년 8월 5일 제85호
주소 | 10881 경기도 파주시 회동길 184
전화 | 031-955-3333
팩시밀리 | 영업 031-955-3399 편집 031-955-3400
홈페이지 | www.changbi.com
전자우편 | ya@changbi.com

한국어판 ⓒ (주)창비 2021
ISBN 978-89-364-5702-0 43840